时光诗丛
王柏华｜主编

地狱必须打开，如红玫瑰
——H.D. 抒情诗选

［美］ 希尔达·杜利特尔 著
宋子江 译

上海三联书店

丛书总序
以时光之名

王柏华

　　一个贪心的书迷，将古往今来的好书都纳入自己的书房，才觉舒坦；一个痴心的书虫，得知有哪一部传世经典，自己竟不曾听闻或不曾翻阅，顿觉惴惴不安；一套诗歌丛书，以"时光"命名，毋宁说传达了爱诗之人那种双倍的痴情和贪恋——

　　人生天地间，俯仰悲欢，聚散有时，皆为诗情。

　　时光分分秒秒流过，岂能没有诗歌？

　　两千五百年前，孔子望流水，思及昼夜，感悟时光来去："逝者如斯夫。"

　　一千六百多年前，王羲之为"兰亭诗会"作

证,留下千古第一行书:"当其欣于所遇,暂得于己,快然自足,不知老之将至。"

九百多年前,苏东坡泛舟于赤壁,"举酒属客,诵明月之诗,歌窈窕之章……飘飘乎如遗世独立。"

四百多年前,莎士比亚以诗行宣告爱人不朽:"只要一天有人类,或人有眼睛,/这诗将长存,并且赐给你生命。"

两百年前,雪莱"为诗一辩":世界有大美,由诗歌掀开面纱,化熟悉为陌生,化腐朽为神奇。时光绵延,"至福至妙心灵中那些至妙至福之瞬间"靠诗歌来标记。

八十年前,冯至在诗篇里时刻准备着:"深深地领受/那些意想不到的奇迹……我们整个的生命在承受,/狂风乍起,彗星的出现。"

……

诗人寄身于翰墨,见证时光留痕,亦对抗时光流逝。尘世短暂,浮生若梦,所幸,我们有诗歌，让一己之生命，向无限伸展；所幸，我们有诗人，为人类之全体，兴发感动，世代传承。

时光如流水，你不能两次阅读同一首好诗。因为一首好诗注定会让你有所发现，会以这样或那样的方式，让你不再是读诗之前的你；而一首好诗也会因你的阅读而有所不同，因你的阅读而成长，生生不息。

所有的诗歌丛书，都希望汇聚古往今来的"好诗"，而面向大众读者的诗丛，更希望在各类好诗中精选出雅俗共赏的经典，然而，"好诗"之"好"的标准，不仅随时代、地域、文化传统的不同而游移不定，且取决于读者的个人喜好，与教育程度和阅读经验相关，更与生命体悟相合相契。

"时光诗丛"汇聚时光好诗：这里有你耳熟却未曾一见的经典，如艾米莉·勃朗特（Emily Brontë）和H.D.（Hilda Doolittle）；这里有重读重译而重获新生的名作，如豪斯曼（A.E.

Housman);这里也有一向被主流文学史忽略却始终为大众所喜爱的抒情佳作,如蒂斯戴尔(Sara Teasdale)和米蕾(Edna St.Vincent Millay)。当然也有我们这个时代孕育出的新人新作,它们将在你我的阅读中成为新经典,如马其顿当代诗选。

"时光诗丛"不限时代地域,皆以耐读为入选依据;有时双语对照,有时配以图片或赏析,形式不拘一格,不负读者期许。

当你在生命的时光里寻寻觅觅,无论你希望与哪一种好诗相遇,"时光诗丛"都在这里等你。时不我待,让我们以诗心吐纳时光,以时光萃炼诗情。

岁月静好,抑或世事纷扰,总有佳篇为伴。
"时光"自在,等你进来……

目录

I　　译事初心

海园 | 1916
Sea Garden | 1916

002　Sea Rose
003　海洋玫瑰

004　Sea Lily
005　海洋百合

008　Evening
009　傍　晚

010　Sea Poppies
011　海洋罂粟

012 Sea Violet
013 海洋紫罗兰

014 Storm
015 风 暴

016 Pear Tree
017 梨 树

杂 诗 | 1914—1917
Miscellaneous Poems | 1914-1917

020 Oread
021 奥丽亚德

022 The Pool
023 池

024 Moonrise
025 月 出

026　Eros（V）
027　厄洛斯（V）

028　Eros（VI）
029　厄洛斯（VI）

030　Eros（VII）
031　厄洛斯（VII）

032　Eurydice（VII）
033　欧律狄刻（VII）

许门 | 1921
Hymen | 1921

036　The Islands（VI）
037　岛　屿（VI）

赫利奥多拉及其他 | 1924
Heliodora and Other Poems | 1924

040　Helen
041　海　伦

042　Toward the Piraeus（V）
043　航向比雷埃夫斯城（V）

红蔷赤铜 | 1931
Red Roses for Bronze | 1931

046　Let Zeus Record（I）
047　让宙斯记录（I）

048　Let Zeus Record（II）
049　让宙斯记录（II）

050　Let Zeus Record（III）
051　让宙斯记录（III）

052　Let Zeus Record（IV）
053　让宙斯记录（IV）

054　Let Zeus Record (V)
055　让宙斯记录(V)

056　Let Zeus Record (VI)
057　让宙斯记录(VI)

058　Let Zeus Record (VII)
059　让宙斯记录(VII)

060　In the Rain (II)
061　雨 中(II)

062　Epitaph
063　墓志铭

杂 诗 | 1931—1938(?)
Miscellaneous Poems | 1931-1938(?)

066　Magician (I)
067　魔术师(I)

072	Magician (VII)
073	魔术师 (VII)
074	Magician (IX)
075	魔术师 (IX)
076	Sigil (XI)
077	魔　诀 (XI)
078	Sigil (XII)
079	魔　诀 (XII)
080	Sigil (XVIII)
081	魔　诀 (XVIII)
084	The Dancer (I)
085	舞　者 (I)
088	The Dancer (IV)
089	舞　者 (IV)
090	The Dancer (XIII)
091	舞　者 (XIII)

092	The Master (VIII)
093	大　师（VIII）
094	The Poet (I)
095	诗　人（I）
100	The Poet (II)
101	诗　人（II）
106	The Poet (III)
107	诗　人（III）
108	The Poet (IV)
109	诗　人（IV）
110	The Poet (V)
111	诗　人（V）
114	The Poet (VI)
115	诗　人（VI）

三部曲 | 1944—1946
Trilogy | 1944-1946

118　The Walls Do Not Fall (XXIII)
119　不倒之墙（XXIII）

120　The Walls Do Not Fall (XXXIX)
121　不倒之墙（XXXIX）

122　Tribute to the Angels (XXX)
123　天使颂（XXX）

124　The Flowering of the Rod (II)
125　节杖花开（II）

128　The Flowering of the Rod (VII)
129　节杖花开（VII）

130　The Flowering of the Rod (IX)
131　节杖花开（IX）

132　The Flowering of the Rod (XVII)
133　节杖花开（XVII）

| 玄 理 | 1972
Hermetic Definition | 1972

136 Winter Love (XVI)
137 冬 恋 (XVI)

附录
读解 H.D.

142 《H.D. 诗选》序言
路易斯·马兹 著 / 张乔 译

174 H.D.：品鉴录
丹尼斯·莱维托夫 著 / 傅越 译

182 后 记

译事初心

宋子江

H.D. 全名希尔达·杜利特尔（Hilda Doolittle），1886年生于美国宾夕法尼亚州。其父查尔斯·杜利特尔（Charles Doolittle）是美国著名天文学家。在逾半世纪的诗歌创作生涯里，她在自己发表的诗作下面署名"H.D."。这个由诗人埃兹拉·庞德（Ezra Pound）建议的署名，成为了 H.D. 在20世纪欧美现代主义文学中不可磨灭的个人标记。

世界刚刚踏过20世纪的门槛，雨季年华的 H.D. 遇上庞德。她刚从中学毕业，庞德就献上一本情诗诗集《希尔达之书》（*Hilda's Book*）作为定情信物。后来庞德向 H.D. 求婚，但是被后者的父亲拒绝。此事听起来颇为浪漫，不过多情的庞德同时也向其他女子赠送情诗诗集并且求婚，而且当时 H.D. 也和一位女学生发展出磨镜关系。H.D.一直都有双性恋取向，某种程度上她就是弗吉尼亚·伍尔夫（Virginia Woolf）双性同体观的化身。此后她在多部小说中探讨这个问题，而最著名的一部莫过于她死后二十年才出版的半自传成长小说《赫耳弥俄涅》（*HERmione*, 1981）。由于 H.D. 并不以小说创作闻名于华语文学界，因此她的这部分创作一直缺乏译介，包括半诗半小说的著作《重写之书》（*Palimpsest*, 1926）。H.D. 是一位多才多艺的作家，本书选译她的诗歌，同时我也希望读者知道她具有多方面的文学才华，值得在华语文学界进一步译介。

1911年 H.D. 初登英伦，在旧情人庞德的帮助下，她累累在文学杂志上发表带有意象派色彩的诗作，逐渐成为意象派诗歌运动的中坚力量，并与同为意象派的英国诗人理查德·阿丁顿（Richard Aldington）共谐连理。1916年，她成为深具传奇色彩的英伦现代主义文学杂志《自我主义者》（*The Egoist*）的执行编辑之一，同时翻译古希腊文学。在庞德的帮助下，她的诗名传回美国。她的意象派诗歌刊登在美国新诗运动的主要阵地《诗》（*Poetry: A Magazine of Verse*）。H.D. 的这段文坛经历一举奠定了她在20世纪欧美现代主义文学史上的地位。一直到1920年代末，H.D. 的诗歌都带有强烈的意象派特点。阿丁顿在1915年版《意象派诗选》（*Some Imagist*

Poets)的序言中总结意象派的六大原则：

一、语言平白，用词精确。既不用几近准确的词语，也不用装饰性的词语。

二、创造新的节奏，表达新的情志。不照搬旧的节奏，旧的节奏只会呼应旧的情志。我们并不坚持只有"自由体"一种诗歌写作的方法。我们为之而奋斗，也是为了自由的原则。我们认为诗人的个体性通常在自由体中得到更好的表达，而不是传统的形式。于诗，一个新的节奏意味着一个新的意念。

三、主题的选择上有绝对的自由。写飞机汽车写得差，固然不是好的艺术；写过去写得好，也并不一定是坏的艺术。我们带着激情，深信现代生活的艺术价值，但是我们希望指出，在1911年，没有比飞机更无聊或更老土的事物了。

四、呈现一个意象（因此有"意象主义者"之名）。我们不是一个画家流派，但是我们相信诗歌应该精确地呈现细节，而不应该模糊地概括事物，无论它有多宏大或多铿锵。这正是我们反对宇宙派诗人的原因。在我们看来，他们在逃避自己的艺术里真正的困难。

五、写坚实通彻的诗，永远不写模糊不定的诗。

六、最后，我们绝大部分都相信浓缩是诗之本质。

H.D. 早期的诗歌具有代表性地体现了以上意象派的六条原则。诚然，并非每一首 H.D. 早期的诗作都能恪守以上六点，但是她是意象派群体里坚持得最久，实践得最彻底的诗人。她早期的诗集《海园》（*Sea Garden*，1916）、《许门》（*Hymen*，1921）以及一些散落在诗歌选集和诗歌杂志中的名作，固化了她意象派诗人的形象。美国著名的诗选编纂者和评论家刘易斯·安德迈尔（Louis Untermeyer）给予 H.D. 的意象派诗歌极高的评价，认为她的这部分作品蕴含着雕塑家之力，暖血与冷岩融于一身。虽然20世纪上半叶美国诗坛出现了不少女性编辑，例如哈里特·门罗（Harriet Monroe）、艾米·洛威尔（Amy Lowell）、玛丽安·摩尔（Marriane Moore）等等，她们作为著名的编辑影响美国诗坛，但是男性编辑如安德迈尔和康拉德·艾肯（Conrad Aiken）等依然通过诗歌选集掌握着美国诗歌经典化的话语权。时至今日，除了意象派诗歌之外，H.D. 诗歌的其他面向，并未在经典化的诗选中得到反映。

其实就和所有诗歌运动一样，意象派诗人后来都各自有所发展，H.D. 也不例外。H.D. 在大学念的是古希腊文学。虽然入学不久就辍学，但是她对古希腊文学的兴趣贯穿了整个创作生涯，特别是对女诗人萨福（Sappho）。学界有许多研究深入讨论过H.D.如何在自己的诗中插入萨福的诗句，当然这些诗句都是H.D.翻译的。我在选译过程中尽量避免这部分诗作，因此中必然涉及二次翻译，即翻译H.D.翻译的萨福，勉强为之亦必不满意，故只好放弃了。此外，她晚年写下史诗《海伦在埃及》(*Helen in Egypt*, 1961)，其叙事性和整体性，让我无法拆件选译。我反而选译了在这方面更为人所忽略的部分。她不仅借用古希腊神话人物来书写带有自传色彩的生活经验，而且为自己的诗歌一边建构一边继承这个神话传统。如此一来，她在诗歌创作方面的野心已经超越了早期意象派的视野了。通读H.D.的诗选和诗集可以看到，她从《赫利奥多拉及其他》(*Heliodora and Other Poems*, 1924)这本诗集开始就有这个倾向，及至《红蔷赤铜》(*Red Roses for Bronze*, 1931)，意象派的信条只是她诗歌中的一个脚注。

在《红蔷赤铜》的发表到第二次世界大战结束这段时间里，H.D.都没有发单行本诗集。在这段时间里，感时伤世的她又饱受感情困扰，深受心理疾病之苦。她开始接受心理分析大师弗洛伊德（Sigmund Freud）的治疗。对于弗洛伊德，她一直心存感激，为之写过一本回忆录以及许多首诗，《大师》(*The Master*)就是最著名的一首。在诗歌简短的叙事中流露出罕见的幽默感。这一时期，H.D.的诗歌题材和风格开始多元化发展，作品大多发表在不甚知名的文学杂志上。这段时期的诗歌多以叙事组诗的形式出现，而且每一组诗歌集中写一位人物，或一个人物原型。《魔术师》(Magician)写耶稣；《诗人》(The Poet)写英国作家D.H. 劳伦斯(D. H. Lawrence)；《舞者》(The Dancer)写美国著名舞蹈家伊莎多拉·邓肯(Isadora Duncan)等等。我从这部分组诗中选译的部分，都不需要读者深入了解其背景知识即可细读欣赏。对于H.D. 的组诗，这就是我在翻译这本诗集时信守的原则。同样的原则也应用于选译H.D. 的《三部曲》(Trilogy, 1944—1946)，由《不倒之墙》(The Walls Do Not Fall)、《天使颂》(Tribute to the Angels)以及《节杖花开》(The Flowering of the Rod)三首长诗组成。《三部曲》书写H.D. 在第二次世界大战期间在伦敦生活的经验，写出了这段时间伦敦人的精神史：《不倒之墙》写伦敦大轰炸期间人们对战争的恐惧以及战争带来的创伤；《天使颂》书写对和平的渴望和赞美；《节杖花开》写于战争结束前夕，一方面表现人们正在疗愈创伤，另一方面表现人们在战争中生存下去的意志。

1961年，H.D. 在瑞士去世，其巅峰之作《海伦在埃及》终于得到出版，而去世前未发表的诗后来收录在诗集《玄理》(Hermetic Definition, 1972)。我从中选译了组诗《冬恋》(Winter Love)中最抽象的第十六首。回过头来对比她早年具象为尚的意象派诗歌,读者便可知 H.D. 早期和晚期的诗歌风格具有基本的差异,她并非只有意象派诗人这个单一的、不断被经典化的、持续被重译强化的形象。这就是我翻译《地狱必须打开,如红玫瑰》的初衷。

Sea Garden | 1916

海园 | 1916

Sea Rose

Rose, harsh rose,
marred and with stint of petals,
meagre flower, thin,
sparse of leaf,

more precious
than a wet rose
single on a stem—
you are caught in the drift.

Stunted, with small leaf,
you are flung on the sand,
you are lifted
in the crisp sand
that drives in the wind.

Can the spice-rose
drip such acrid fragrance
hardened in a leaf?

海洋玫瑰

玫瑰,苛刻的玫瑰
凋萎,落英飘零
花瘦叶疏

因此尤为珍贵
甚于湿润丰满
一枝独秀的玫瑰——
风把你捕捉

生长不良,叶子纤弱
你被掷向沙岸
你被立起
干爽的沙子
在风中疾驰

一朵火辣的玫瑰
可会滴出
凝于叶上的辛香?

海园 | 1916

Sea Lily

Reed,
slashed and torn
but doubly rich—
such great heads as yours
drift upon temple-steps,
but you are shattered
in the wind.

Myrtle-bark
is flecked from you,
scales are dashed
from your stem,
sand cuts your petal,
furrows it with hard edge,
like flint
on a bright stone.

Yet though the whole wind
slash at your bark,

海洋百合

．

苇草
砍割、拔起
却愈加繁茂——
花冠硕大如你
漂流在寺院的阶梯上
而你却碎散
于风中

香桃树的树皮
印上你的斑点
鳞片般的树皮
被迫飞离你的茎
砂子切开你的瓣
犁梳它的轮廓
如桥石上的
星燧

纵使一袭风
砍向你的树皮

海园 | 1916

you are lifted up,
aye—though it hiss
to cover you with froth.

你仍然伫立
是！——虽然它嘶声
要用泡沫把你掩盖

海园 | 1916

Evening

The light passes
from ridge to ridge,
from flower to flower—
the hepaticas, wide-spread
under the light
grow faint—
the petals reach inward,
the blue tips bend
toward the bluer heart
and the flowers are lost.

The cornel-buds are still white,
but shadows dart
from the cornel-roots—
black creeps from root to root,
each leaf
cuts another leaf on the grass,
shadow seeks shadow,
then both leaf
and leaf-shadow are lost.

傍 晚

海园 | 1916

光漫过
重重山脊
朵朵鲜花
雪割花舒伸
在阳光下
渐渐虚弱
花瓣内伸
蓝色的瓣尖
弯向更蓝的花心
花儿消失了

茱萸花蕾仍白
但是阴影
从茱萸花根飞开——
黑暗匍匐花根间
草地上
叶叶相割
影影相逐
于是叶子和叶影
双双消失

Sea Poppies

Amber husk
fluted with gold,
fruit on the sand
marked with a rich grain,

treasure
spilled near the shrub-pines
to bleach on the boulders:

your stalk has caught root
among wet pebbles
and drift flung by the sea
and grated shells
and split conch-shells.

Beautiful, wide-spread,
fire upon leaf,
what meadow yields
so fragrant a leaf
as your bright leaf?

海洋罂粟

琥珀的荚壳上
有金色的笛槽
沙滩上的果子
一粒耀目的沙子

宝藏
倒在松木丛边
在大岩石上泛白:

在湿水的卵石之间
在大海上的漂浮物之间
在碾碎的贝壳之间
在崩裂的海螺壳之间
你的花茎抓到了根

美丽,舒张
叶子上的火焰
怎样的草甸才能长出
一片如此芳香的叶子
明亮如你?

海园 | 1916

Sea Violet

The white violet
is scented on its stalk,
the sea-violet
fragile as agate,
lies fronting all the wind
among the torn shells
on the sand-bank.

The greater blue violets
flutter on the hill,
but who would change for these
who would change for these
one root of the white sort?

Violet
your grasp is frail
on the edge of the sand-hill,
but you catch the light—
frost, a star edges with its fire.

海洋紫罗兰

白色紫罗兰
香在花茎
海洋紫罗兰
脆如玛瑙
躺在沙滩上的碎贝壳上
直面一切海风

更大的蓝色紫罗兰
在山上飘扬
但谁会为之而改变
谁会为之而改变？
白花的根会吗？

紫罗兰
你抓不紧
沙岗的边缘
但是你抓住了光——
冰霜，恒星边缘渐近的冕焰

海园 | 1916

Storm

You crash over the trees,
you crack the live branch—
the branch is white,
the green crushed,
each leaf is rent like split wood.

You burden the trees
with black drops,
you swirl and crash—
you have broken off a weighted leaf
in the wind,
it is hurled out,
whirls up and sinks,
a green stone.

风　暴

你碾压树丛
你折断生之树枝——
白色的树枝
绿色被碾碎
每片叶子碎散如木头绽裂

你用黑色的雨滴
令树丛挑起重担
你旋转，你碾压——
你的风吹脱一片负重的叶子
在风中
被吹掉
卷起，又下沉
一片青石

海园｜1916

Pear Tree

Silver dust
lifted from the earth,
higher than my arms reach,
you have mounted.
O silver,
higher than my arms reach
you front us with great mass;

no flower ever opened
so staunch a white leaf,
no flower ever parted silver
from such rare silver;

O white pear,
your flower-tufts
thick on the branch
bring summer and ripe fruits
in their purple hearts.

梨 树

银叶菊
从土地拔起
高于我伸出的手臂
噢,银叶
你高高升起
高于我伸出的手臂
让我们直面你的庞然

从来没有花开得
坚贞如一片银叶
从来没有花把银色
从如此罕有的银色中分离

噢,洁白的梨树
你的花簇
厚结在树枝
从紫色的心里
带出夏天和果子

海园 | 1916

杂诗 1 1914—1917

Miscellaneous Poems 1 1914-1917

Oread

Whirl up, sea—
whirl your pointed pines,
splash your great pines
on our rocks,
hurl your green over us,
cover us with your pools of fir.

奥丽亚德

翻卷起来吧,大海——
翻卷起尖尖的松梢
把宏伟的松树
拍溅在岩石上
把你的绿色甩在我们身上
把你那池池冷杉覆盖在我们身上

杂诗 | 1914—1917

The Pool

Are you alive?
I touch you.
You quiver like a sea-fish.
I cover you with my net.
What are you—banded one?

池

你是活的吗?
当我触碰你
你颤抖如海鱼
我用鱼网盖过你
那么你是什么?带状的池?

杂诗 | 1914—1917

Moonrise

Will you glimmer on the sea?
Will you fling your spear-head
On the shore?
What note shall we pitch?
We have a song,
On the bank we share our arrows;
The loosed string tells our note:

O flight,
bring her swiftly to our song.
She is great,
We measure her by the pine trees.

月　出

你会在海上闪烁吗？
你会把矛头
投到岸上吗？
我们又该报以哪个音符？
我们有一支歌
我们在岸上分享箭镞
松弛的箭弦泄露我们的音调：

噢，快跑吧，
快把她带到歌声里
她如此巍峨
我们得用松树量身

杂诗 I 1914—1917

Eros (V)

Ah love is bitter and sweet,
but which is more sweet
the bitterness or the sweetness,
none has spoken it.

Love is bitter,
but can salt taint sea-flowers,
grief, happiness?

Is it bitter to give back
love to your lover if he crave it?

Is it bitter to give back
love to your lover if he wish it
for a new favorite,
who can say,
or is it sweet?

Is it sweet to possess utterly,
or is it bitter,
bitter as ash?

厄洛斯（V）

啊，爱既苦且甜
但是，苦和甜
哪一个更甜？
从未有人说起

爱是苦的
但是，盐可以玷污海花
悲哀和幸福吗？

你把爱还给
渴望爱的爱人
这是苦吗？

你把爱还给
想另爱新欢的爱人
谁能说是苦
还是甜？

完全地拥有，是甜
还是苦
还是苦如灰烬？

Eros (VI)

I had thought myself frail,
a petal
with light equal
on leaf and under-leaf.

I had thought myself frail;
a lamp,
shell, ivory or crust of pearl,
about to fall shattered,
with flame spent.

I cried:

"I must perish,
I am deserted in this darkness,
an outcast, desperate,"
such fire rent me with Hesperus,

Then the day broke.

厄洛斯（VI）

我觉得自己很脆弱
一片花瓣
瓣面和瓣底
光芒相若

我觉得自己很脆弱
一盏罩灯
贝壳、象牙或珍珠片
即将掉落破碎
被火烧毁

我喊：

"我必须毁灭
我被遗弃到黑暗里
绝望的弃儿"
这团火用金星把我毁灭

然后天就破晓了

Eros (VII)

What need of a lamp
when day lightens us,
what need to bind love
when love stands
with such radiant wings over us?

What need-
yet to sing love,
love must first shatter us.

厄洛斯（VII）

日光可以照亮
还要罩灯吗？
爱在头上展开
光芒四射的翅膀
还要将之束缚吗？

仍要歌颂爱吗？
爱必先让人心碎

Eurydice (VII)

At least I have the flowers of myself,
and my thoughts, no god
can take that;
I have the fervour of myself for a presence
and my own spirit for light;

and my spirit with its loss
knows this;
though small against the black,
small against the formless rocks,
hell must break before I am lost;

before I am lost,
hell must open like a red rose
for the dead to pass.

欧律狄刻（VII）

至少我有自己的花
自己的思想，神
不可夺去；
为了现身，我有自己的热情
为了光，我有自己的灵魂

我灵魂已迷失
她知道；
尽管渺小地面向庞然的黑暗
渺小地面向这堆无形的岩石
在我迷失之前，地狱必须打开；

在我迷失之前
地狱必须像红玫瑰般打开
好放死者通行

许门 | 1921

Hymen | 1921

The Islands (VI)

In my garden
the winds have beaten
the ripe lilies;
in my garden, the salt
has wilted the first flakes
of young narcissus,
and the lesser hyacinth,
and the salt has crept
under the leaves of the white hyacinth.

In my garden
even the wind-flowers lie flat,
broken by the wind at last.

岛　屿（VI）

在我的花园里
风阵阵吹打
成熟的百合
在我的花园里，盐
使初绽的水仙
片片凋零
还有更小的风信子
盐已潜进
白色风信子的叶底

在我的花园里
就连风之花也得躺平
最终都被风摧毁

许门 — 1921

Heliodora and Other Poems | 1924

赫利奥多拉及其他 | 1924

Helen

All Greece hates
the still eyes in the white face,
the lustre as of olives
where she stands,
and the white hands.

All Greece reviles
the wan face when she smiles,
hating it deeper still
when it grows wan and white,
remembering past enchantments
and past ills.

Greece sees unmoved,
God's daughter, born of love,
the beauty of cool feet
and slenderest knees,
could love indeed the maid,
only if she were laid,
white ash amid funereal cypresses.

海 伦

整个希腊都憎恨
白皙的脸上那双凝止的眼睛
光泽犹如橄榄
立足之处
白皙的手

整个希腊都唾骂
她笑时露出苍白的脸
他们的憎恨更深
当脸变得更苍更白
记起她过去的妩媚
过去的病容

希腊冷眼看着
神的女儿,生于爱
美人冰冷的脚
最苗条的膝
他们真的可以爱上她
只要她躺下来
成为丧礼柏木间的骨灰

Toward the Piraeus (V)

It was not chastity that made me cold nor fear,
only I knew that you, like myself, were sick
of the puny race that crawls and quibbles and lisps
of love and love and lovers and love's deceit.

It was not chastity that made me wild,but fear
that my weapon, tempered in different heat,
was over-matched by yours, and your hand
skilled to yield death-blows, might break

With the slightest turn — no ill will meant —
my own lesser, yet still somewhat fine-wrought,
fiery-tempered, delicate, over-passionate steel.

航向比雷埃夫斯城（V）

并非贞节令我寒冷，或害怕
只有我知道，你就如我，厌倦了
稚弱的种族，乱爬，乱闹，乱说话
还有爱与爱与爱人与爱的欺骗

并非贞节令我狂野，而是害怕
我那焠过不同热力的剑
仍然不及你。你那熟练
致命一击的手，也许断在

最轻意的反转——且不怀恶意——
我那次等的剑，仍略有精煅
且焠炼，精致且激情过甚的钢

红蔷赤铜 ― 1931

Red Roses for Bronze | 1931

Let Zeus Record (I)

I say, I am quite done,
quite done with this;
you smile your calm
inveterate chill smile

and light steps back;
intolerate loveliness
smiles at the ranks
of obdurate bitterness;

you smile with keen
chiselled and frigid lips;
it seems no evil
ever could have been;

so, on the Parthenon,
like splendour keeps
peril at bay,
facing inviolate dawn.

让宙斯记录（Ⅰ）

我说，我受够了
真的受够了
你笑，你那冷静
习以为常的寒笑

明亮就后退了几步
不能忍受的可爱
你笑那不同层次
食古不化的刻薄

你笑，嘴唇
是冷漠的錾刀
似乎邪恶
从未存在

所以，在帕特农神殿
仿佛华丽杜绝了
毁灭，
你直面从未受伤的黎明

红蔷赤铜 Ⅰ 1931

Let Zeus Record (II)

Men cannot mar you,
women cannot break
your innate strength,
your stark autocracy;

still I will make no plea
for this slight verse;
it outlines simply
Love's authority:

but pardon this,
that in these luminous days,
I re-invoke the dark
to frame your praise;

as one to make a bright room
seem more bright,
stares out deliberate
into Cerberus-night.

让宙斯记录（II）

男人伤不到
女人攻不破
你的天生神力
你的独断

我不乞求
这首轻盈的诗
仅仅为爱的自主
勾画轮廓

但是请原谅我
在明亮的日子里
重新召唤黑暗
裱起你的赞颂

犹如让原本明亮的房间
更显明朗
故意盯着
地狱犬的夜晚

红蔷赤铜 ― 1931

Let Zeus Record (III)

Sometimes I chide the manner of your dress;
I want all men to see the grace of you;
I mock your pace, your body's insolence,
thinking that all should praise, while obstinate
you still insist your beauty's gold is clay:

I chide you that you stand not forth entire,
set on bright plinth, intolerably desired;
yet I in turn will cheat, will thwart your whim,
I'll break my thought, weld it to fit your measure
as one who sets a statue on a height
to show where Hyacinth or Pan have been.

让宙斯记录(III)

有时我呵斥你的衣着不修边幅
我想所有男人都看到你的优雅
我嘲笑你的步履,嘲笑你身姿粗鲁
觉得所有人都应该称赞同时抗拒
你仍然坚持美的金子只是淤泥

我呵斥你向前站立却不够彻底
立在明亮的础台上,让人受不了地欲望
而我反过来也会欺骗,也会阻挠你的善变
打破自己的想法,重铸成你的身段
犹如高高地立起一座雕像
标示希奥辛斯或潘神曾到过的地方

Let Zeus Record (IV)

When blight lay and the Persian like a scar,
and death was heavy on Athens, plague and war,
you gave me this bright garment and this ring;

I who still kept of wisdom's meagre store
a few rare songs and some philosophising,
offered you these for I had nothing more;

that which both Athens and the Persian mocked
you took, as a cold famished bird takes grain,
blown inland through darkness and withering rain.

让宙斯记录(IV)

当枯坏症肆虐,波斯就像一道伤痕
雅典、瘟疫和战争蒙上沉重的死亡
此时你给我明亮衣装和这只戒指

我的脑子里装着少得可怜的智慧
只有几支罕有的歌和几许哲思
我为你献上这一切,再多我也没有

你收下雅典人和波斯人嘲笑的一切
犹如饥寒交迫的鸟儿啄收谷物
被吹进内陆,穿过黑暗凋零的雨水

Let Zeus Record (V)

Would you prefer myrrh-flower or cyclamen?
I have them, I could spread them out again;
but now for this stark moment while Love breathes
his tentative breath, as dying, yet still lives,
wait as that time you waited tense with me:

others shall love when Athens lives again,
you waited in the agonies of war;
others will praise when all the host proclaims
Athens the perfect; you, when Athens lost,
stood by her; when the dark perfidious host
turned, it was you who pled for her with death.

让宙斯记录（V）

你较喜欢没药花，还是较喜欢仙客来？
两种花我都有，我可以再次把它们撒下
但是在这严酷的时刻，爱情正在
预支呼吸，正在死去，仍然活着
等待，就像那次你和我紧张地等待：

当雅典重生，人人都爱她
而你在战争的痛苦中等待
人人都赞颂她，所有主人都声称
她是完美的。而只有她失陷时
你才会赞颂她，站在她那边
当那黑心失信的主人转身以对
是你用自己的死亡来为她恳求

红鬃赤铜 ｜ 1931

Let Zeus Record (VI)

Stars wheel in purple, yours is not so rare
as Hesperus, nor yet so great a star
as bright Aldebaran or Sirius,
nor yet the stained and brilliant one of War;

stars turn in purple, glorious to the sight;
yours is not gracious as the Pleiads' are
nor as Orion's sapphires, luminous;
yet disenchanted, cold, imperious face,
when all the others, blighted, reel and fall,
your star, steel-set, keeps lone and frigid tryst
to freighted ships, baffled in wind and blast.

让宙斯记录（VI）

高贵的星辰旋转，而你的星辰
并不如金星般罕见，亦不如
毕宿五或天狼星般庞大
更不如战争之恒星斑驳明亮

高贵的星辰旋转，看去那么璀璨
你的恒星并不如昴宿星团般优雅
亦不如猎户星云的蓝宝石色般明亮
只有那张失去光彩、冰冷、专横的脸
其余一切都枯坏、旋转、坠落
你的恒星，坚定如钢，孤单冷漠的幽会
满载货物的船，在风中迷惑、炸裂

Let Zeus Record (VII)

None watched with me
who watched his fluttering breath,
none brought white roses,
none the roses red;

many had loved,
had sought him luminous,
when he was blithe
and purple draped his bed;

yet when Love fell
struck down with plague and war,
you lay white myrrh-buds
on the darkened lintel;

you fastened blossom
to the smitten sill;
let Zeus record this,
daring Death to mar.

让宙斯记录（VII）

没有人和我一起看
看他呼吸如鸟儿拍翅
没有人带来白玫瑰
玫瑰没有一枝是红色的

爱过他的人
都发现他光芒四射
当他心情愉悦
满床都是紫色

然而当爱情
与瘟疫和战争一同降临
你把没药的花苞
铺在黯淡的窗楣

把盛开的花朵
绑在崩裂的窗台
让宙斯记录下来
挑衅死亡作恶

红蔷赤铜 | 1931

In the Rain (II)

I am glad;
the cold is a cloak,
the gold on the wet stones
is a carpet laid;
my hands clutch at the rain,
no pain in my heart
but gold,
gold,
gold
on my head,
a crown;
while the rain pours down
and the gutters run,
(the lake is over-flowing
and sodden)
I say to myself,
"I am glad he never said good-bye
nor questioned me why
I was late."

雨 中（II）

我很高兴
寒冷便是大衣
湿石上的黄金
便是铺下的地毯
手抓住雨水
心中并无痛楚
但是黄金
黄金
黄金
在头上
便是皇冠
当大雨倾盆
沟渠滚滚
（湖水泛滥
濡润）
我对自己说
"我很高兴他既从未说再见
也从未责问我为何
姗姗来迟"

Epitaph

So I may say,
"I died of living,
having lived one hour";

so they may say,
"she died soliciting
illicit fervour";

so you may say,
"Greek flower; Greek ecstasy
reclaims for ever

one who died
following
intricate songs' lost measure."

墓志铭

那么我便可以说:
"我死于活着,
而我只活了一小时";

那么他们便可以说:
"她死于追求
不轨的热切。"

那么你便可以说:
"希腊的花;希腊的狂喜
永远救回

那个人,他死于
跟随
歌曲纠结,音节失落。"

杂诗 1 1931—1938（？）

Miscellaneous Poems 1 1931–1938 (?)

Magician (I)

There is no man can take,
there is no pool can slake,
ultimately I am alone;
ultimately I am done;

I say,
take colour;
break white into red,
into blue
into violet
into green;
I say,
take each separately,
the white will slay;

pray constantly,
give me green, Artemis,
red, Ares,
blue, Aphrodite, true lover,
or rose;

魔术师（I）

没有人能取走
没有水池能止渴
到头来我孑然一身
到头来我受够了

我说，
颜色
把白变红
变蓝
变紫
变绿
我说，
把它们分开
白会把它们抹杀

时常祈祷
给我绿吧，阿特米斯
给我红吧，阿瑞斯
给我蓝吧，阿芙萝戴蒂，真正的爱者
或者给我玫瑰

杂诗 I 1931—1938（?）

I say, look at the lawns,
how the spray
of clematis makes gold or the ray
of the delphinium
violet;
I say,
worship each separate;
no man can endure
your intolerable radium;

white,
radiant,
pure;
who are you?
we are unsure;
give us back the old gods,
to make your plight
tolerable;

pull out the nails,

我说，看看花园
看看铁线莲
如何开出簇簇黄金，看看
光束般株株飞燕的
紫；
我说，
把它们分开崇拜
没有人能忍受
你那无法忍受的放射

白
焕发光芒
纯洁
你是谁？
我们并不肯定
把过去的神明还给我们
让你那悲惨的命运
变得尚可忍受

扯出指甲

杂诗 I 1931—1938（？）

fling them aside,
any old boat,
left at high-tide,
(you yourself would admit)
has iron as pliable;

burn the thorn;
thorn burns;
how it crackles;
you yourself would be the first to seek
dried weed by some high-sand
to make the land
liveable;

you yourself;
would be the first to scrap
the old trophies
for new.

丢到一边
那几艘旧船
潮涨时离开
(你自己也会承认)
它们的铁都如此柔韧

烧掉荆棘吧
荆棘燃烧
劈啪作响
你自己也会率先
在高处的沙地上寻找干草
让这片土地
变得适居

你自己
也会率先把
陈旧的圣杯
擦得光洁如新

杂诗 I 1931—1938(？)

Magician (VII)

We expected some gesture,
some actor-logic,
some turn of the head,
he spoke simply;
we had followed the priest and the answering word
of the people;

to this
was no answer;

we expected some threat or some promise,
some disclosure,
we were not as these others;

but he spoke to the rabble;
dead,
dead,
dead were our ears
that heard not, yet heard.

魔术师(VII)

我们期待某个姿势
某种演员逻辑
某次回头
他说得轻易。
我们跟随牧师
跟随人们回答的话语

对此
并非答案

我们期待某次威胁,某次应许
某次和解
我们和这些异类不同

但是他对这群乌合之众说
死
死
死,我们的死耳
听不见,却被听见

杂诗 I 1931—1938(?)

Magician (IX)

He liked jewels,
the fine feel of white pearls;
he would lift a pearl from a tray,
flatter an Ethiopian merchant
on his taste;
lift crystal from Syria,
to the light;

he would see worlds in a crystal
and while we waited for camel
or a fine Roman's litter
to crowd past,
he would tell of the whorl of whorl of light
that was infinity to be seen in glass,

or a shell
or a bead
or a pearl.

魔术师(IX)

他喜欢珠宝
珍珠那雅致的手感
他从餐盘上唤起一颗珍珠
以自己的品味
取悦埃塞俄比亚商人
他从叙利亚唤起一颗水晶
使它至于光线里

他会在一颗水晶中看见万千世界
我们等一匹骆驼
或一顶罗马轿
等人群汹涌而过
他便会说教,螺纹层叠的光
即是永恒,它见于一块琉璃

一片贝壳
一粒水珠
一颗珍珠

杂诗 一 1931—1938(?)

Sigil (XI)

If you take the moon in your hands
and turn it round
(heavy, slightly tarnished platter)
you're there;

if you pull dry sea-weed from the sand
and turn it round
and wonder at the underside's bright amber,
your eyes

look out as they did here,
(you don't remember)
when my soul turned round,
perceiving the other-side of everything,
mullein-leaf, dog-wood leaf, moth-wing
and dandelion-seed under the ground.

魔 诀（XI）

如果你把月亮置于掌上
把它反过来
（沉重，稍稍玷污的托盘）
便找到了你

如果你从沙里拖出干了的海藻
把它们反过来
好奇底下明亮的琥珀
你的眼睛

在凝望，如同在此
（你不记得）
当我的灵魂反了过来
感知万物的背面
有毛蕊叶、山茱萸叶、蛾翼
还有埋在地下的蒲公英种子

Sigil (XII)

Are these ashes in my hand
or a wand
to conjure a butterfly

out of a nest
a dragon-fly
out of a leaf,

a moon-flower
from a flower husk

or fire-flies
from a thicket?

魔 诀（XII）

从巢穴中
变出一只蝴蝶
在叶子上
变出一只蜻蜓

从花的躯壳中
变出一朵夕颜

从丛林中
变出萤火虫

我手中的灰烬
是一支魔法棒吗？

杂诗 I 1931—1938（？）

Sigil (XVIII)

Are we unfathomable night
with the new moon
to give it depth
and carry vision further,
or are we rather stupid,
marred with feeling?

will we gain all things,
being over-fearful,
or will we lose the clue,
miss out the sense
of all the scrawled script,
being over-careful?

is each one's reticence
the other's food,
or is this mood
sheer poison to the other?

how do I know

魔 诀（XVIII）

新月
使夜更深
把视线带到更深处
我们是深不见底的夜吗？
还是我们只不过是愚蠢
心里受了伤？

我们会因为过于惊慌
而得到一切吗？
还是我们因为过于谨慎
而失去了头绪
错过了草稿上的道理？

一个人的含蓄
都是他人的食粮吗？
还是这种心情
纯粹是他人的毒药？

我怎么知道

杂诗 I 1931—1938（？）

what pledge you gave your God,
how do you know
who is my Lord
and Lover?

你向你的上帝许下什么诺言?
你怎么知道
谁是我的上帝
和爱人?

杂诗 1 1931—1938（?）

The Dancer (1)

I came far,
you came far,
both from strange cities,
I from the west,
you from the east;

but distance can not mar
nor deter
meeting, when fire meets
ice or ice
fire;

which is which?
either is either;
you are a witch,
you rise out of nowhere,
the boards you tread on,
are transferred
to Asia Minor;

舞　者（I）

我来自远方
你来自远方
我们都来自陌生的城市
我来自西方
你来自东方

但是距离不会破坏
或推延
相遇，当火要遇上
冰或冰
要遇上火

谁是谁？
各是各
你是巫师
凭空出现
脚下的木板
传送去
小亚细亚

杂诗 I 1931—1938（？）

you come from some walled town,

you bring its sorcery with you;

I am a priestess,

I am a priest;

you are a priest

you are a priestess;

I am a devote of Hecate,

crouched by a deep jar

that contains herb,

pulse and white-bean,

red-bean and unknown small leek-stalk and grass blade;

I worship nature,

you are nature.

你来自围城
自有巫术
我是女牧师
我是牧师
你是牧师
你是女牧师
我信奉黑月女神
弯身于深瓮之上
瓮里装着草药
荜豆和白豆
红豆还有不知名的韭葱茎和草叶

我崇奉自然
你就是自然

杂诗 1 1931—1938（？）

The Dancer (IV)

We are more than human,
following your flame,
O woman;

we are more than fire,
following your controlled
vibrance;

we are more than ice,
listening to the slow
beat of our hearts,
like under-current of sap in a flowering tree,
covered with late snow;

we are more than we know.

舞 者（IV）

我们高于人类
跟着你的火焰
噢，女人

我们高于火焰
跟着你受控的
微颤

我们高于冰雪
听着我们的心
慢慢地跳动
犹如晚雪覆盖繁花绽放的树
它的树液在流动

我们高于所知

杂诗 | 1931—1938（？）

The Dancer (XIII)

Leap as sea-fish
from the water,
toss your arms as fins,
dive under;
where the flute-note
sings of men,
leaving home
and following dream,

bid men follow
as we follow;

as the harp-note tells of steel,
strung to bear immortal peril,
(pleasure such as gods may feel)
bid men feel
as we feel.

舞　者（XIII）

跃出水面
如海鱼
挥臂如鳍
潜入水底
笛音
歌颂男人
离家
逐梦

催请男人追逐
如我们追逐

竖琴之音诉说钢铁的故事
拨弦以忍受不朽之危难
（快乐，如神所感受）
催请男人感受
如我们感受

杂诗 | 1931—1938（?）

The Master (VIII)

And it was he himself, he who set me free
to prophesy,

he did not say
"stay,
my disciple,"
he did not say,
"write,
each word I say is sacred,"
he did not say, "teach"
he did not say,
"heal
or seal
documents in my name,"

no,
he was rather casual,
"we won't argue about that"
(he said)
"you are a poet."

大　师（VIII）

是他，独自把我解放到
预言之中

他不说
"留下，
我的学生"
他不说
"写下，
我说的每个字都是圣言"
他不说"教"
他不说
"要不痊愈
要不封存文件
腊印我的名字"

不
他很随意
"我们不要争吵"
（他说）
"你是诗人"

杂诗 I 1931—1938（？）

The Poet (1)

There were sea-horses and mer-men
and a flat tide-shelf,
there was a sand-dune,
turned moon-ward,
and a trail of wet weed
beyond it,
another of weed,
burnt another color,
and scattered seed-pods
from the sea-weed;
there was a singing snail,
(does a snail sing?)
a sort of tenuous wail
that was not the wind
nor that one gull,
perched on the half-buried
keel,
nor was it any part of translatable sound,
it might have been, of course,

诗 人（I）

海马，男人鱼
平坦的暗礁
沙丘
向月
湿草上一列的痕迹
更远处
还有一列
是另一种烧焦的颜色
从海藻里
撒下种子荚
一只蜗牛在唱歌
（蜗牛会唱歌吗？）
一种纤弱的号啕
既不是风
也不是海鸥
它栖停在半埋着的
龙骨上
更不是任何可传达的声音
当然，也有可能是

杂诗 I 1931—1938（？）

another sort of reed-bird,
further inland;

inland, there was a pond,
filled with water-lillies;
they opened in fresh-water
but the sea was so near,
one was afraid some inland tide,
some sudden squall,
would sweep up,
sweep in,
over the fresh-water pond,
down the lilies;

that is why I am afraid;
I look at you,
I think of your song,
I see the long trail of your coming,
(your nerves are almost gone)

另一种芦苇鸟
来自更深的内陆

内陆有一口池塘
长满莲花
它们在淡水上绽放
但是海又很近
有人忧虑一次内陆潮
一下忽起的狂飚
泛起
倒灌
淹过淡水池塘
浸过莲花

这是我忧虑的原因
我看着你
想起你的歌
我看见你前来,一列长长的痕迹
(你几乎没有神经)

your song is the wail
of something intangible
that I almost
but not-quite feel.

你的歌是一种号啕
来自触不到的什么
我几乎
却仍未感知

杂诗 一 1931—1938（？）

The Poet (II)

But you are my brother,
it is an odd thing that we meet here;
there is this year
and that year,
my lover,
your lover,
there is death
and the dead past:

but you were not living at all,
and I was half-living,
so where the years blight these others,
we, who were not of the years,
have escaped,
we got nowhere;

they were all going somewhere;

I know you now at this moment, when you turn
and thank me ironically,

诗 人（II）

但是你是我的兄弟
真是奇怪，我们在此相遇
这一年
那一年
我的爱人
你的爱人
死亡
死去的以往：

但是你也完全没活着
我也只是半活着
在岁月侵蚀彼此之处
我们并不在岁月里
我们逃了出来
到了无处

而他们都有处可去

此刻我认识你，当你转身
向我讽刺致谢

杂诗 I 1931—1938（？）

(everything you say is ironical)
for the flagon I offer,
(you will have no more white wine);

you are over-temperate in all things;
(is inspiration to be tempered?)
almost, as you pause,
in reply to some extravagance
on my part,
I believe that I have failed,
because I got out of the husk that was my husk,

and was butterfly;

O snail,
I know that you are singing;
your husk is a skull,
your song is an echo,
your song is infinite as the sea,
your song is nothing,

（你所说的一切都是讽刺）
谢我献上的酒壶
（你不再喝白葡萄酒）

你事事过于节制
（灵感也要节制？）
几乎，你要停下
回应我的放任
我相信我失败了
因为我出了壳，自己的壳

化蝶

噢，蜗牛
我知道你在歌唱
你的壳在歌唱
你的歌声是回音
你的歌声无垠如海
你的歌声是无

杂诗 I 1931—1938（？）

your song is the high-tide that washed away the old
    boat-keel,
the wet weed,
the dry weed,
the sea-pods scattered,
but not you;

you are true
to your self, being true
to the irony
of your shell.

你的歌声是高高的潮水冲走旧的
　　龙骨
湿草
干草
撒下的荚果
但冲不走你

你忠于
自我，忠于
蜗牛壳的
讽刺

杂诗一 1931—1938（？）

The Poet (III)

Yes,
it is dangerous to get out,
and you shall not fail;
but it is also
dangerous to stay in,
unless one is a snail:

a butterfly has antennae,
is moral
and ironical too.

诗 人（III）

是的
出，很危险
一出必成
但是
入，也危险
除非你是蜗牛

蝴蝶长着触角
既是道德
也是讽刺

杂诗 1　1931—1938（？）

The Poet (IV)

And your shell is a temple,
I see it at night-fall;
your small coptic temple
is left inland,
in spite of wind,
not yet buried
in sand-storm;

your shell is a temple,
its windows are amber;

you smile
and a candle is set somewhere
on an altar;
everyone has heard of the small coptic temple,
but who knows you,
who dwell there?

诗 人（IV）

你的壳是一座庙宇
夜幕降临时我看见它
你小小的科普特庙宇
留在了内陆
虽然刮着大风
仍未被沙暴埋没

你的壳是一座庙宇
它的窗户是琥珀

你笑
一支蜡烛立于
祭台上
每个人都听说过那科普特庙宇
但是谁知道你
谁住在里面？

杂诗 I 1931—1938（？）

The Poet (V)

No,
I don't pretend, in a way, to understand,
nor know you,
nor even see you;

I say,
"I don't grasp his philosophy,
and I don't understand,"

but I put out a hand, touch a cold door,
(we have both come from so far);
I touch something imperishable;
I think,
why should he stay there?
why should he guard a shrine so alone,
so apart,
on a path that leads nowhere?

he is keeping a candle burning in a shrine
where nobody comes,

诗 人（V）

不
我不装作理解
也不认识你
甚至看不见你

我说
"我把握不到他的哲学
我也不明白"

但是我伸出手，触摸冰冷的门
（我们都来自远方）
我触摸不可磨灭的事物
我想
他为何要留下？
他为何独守神龛，如此孤单
如此离群地
走在无路之路上？

他在神龛里点着一支蜡烛
没有人来朝拜

杂诗 I 1931—1938（？）

there must be some mystery
in the air
about him,

he couldn't live alone in the desert,
without vision to comfort him,

there must be voices somewhere.

玄秘必在
弥漫着
在他身边

他无法在沙漠上独居
没有幻景的安慰

声音必在

杂诗 一 1931—1938（？）

The Poet (VI)

I am almost afraid to sit on this stone,
a little apart,
(hoping you won't know I am here)

I am almost afraid to look up at the windows,
to watch for that still flame;

I am almost afraid to speak,
certainly won't cry out, "hail,"
or "farewell" or the things people do shout:

I am almost afraid to think to myself,
why,
he is there.

诗 人（VI）

我几乎害怕坐在这块石头上
有点心不在焉
（祈求你不会知道我在此处）

我几乎害怕抬头望向窗外
寻找那团静止的火焰

我几乎害怕说话
肯定不会喊"嗨！"
或喊"再见！"或喊人喊的话

我几乎害怕对自己说
"为什么？
因为他在彼处。"

杂诗 Ⅰ 1931—1938（？）

Trilogy I 1944–1946

三部曲 I 1944—1946

The Walls Do Not Fall (XXIII)

Take me home
where canals

flow
between iris-banks:

where the heron
has her nest:

where the mantis
prays on the river-reed:

where the grasshopper says
Amen, Amen, Amen.

不倒之墙(XXIII)

带我回家
那里的运河

在彩虹河岸间
奔流

那里的苍鹭
有自己的巢穴

那里的螳螂
在芦苇间祈祷

那里的草蜢说
阿门,阿门,阿门

The Walls Do Not Fall (XXXIX)

We have had too much consecration,
too little affirmation,

too much: but this, this, this
has been proved heretical,

too little: I know, I feel
the meaning that words hide;

they are anagrams, cryptograms,
little boxes, conditioned

to hatch butterflies ...

不倒之墙（XXXIX）

我们有太多奉献
太少断言

太多：但是这，这，这
已经被证明是邪魔歪道

太少：我知道，我感到
词语隐藏起来的意义

它们是字谜，是电文
是小小的盒子，只限于

孵化蝴蝶……

Tribute to the Angels (XXX)

We see her hand in her lap,
smoothing the apple-green

or the apple-russet silk;
we see her hand at her throat,

fingering a talisman
brought by a crusader from Jerusalem;

we see her hand unknot a Syrian veil
or lay down a Venetian shawl

on a polished table that reflects
half a miniature broken column;

we see her stare past a mirror
through an open window,

where boat follows slow boat on the lagoon;
there are white flowers on the water.

天使颂(XXX)

我们看到她的手在大腿上
抚平苹果绿色

或苹果锈色的丝绸
我们看到她的手在喉咙上

手指玩弄着十字军
从耶路撒冷带回的护身符

我们看到她的手在解开叙利亚面纱
或把威尼斯披肩铺在

刷亮的桌子上,映照
半截残破的罗马柱模型

我们看到她看穿镜子
看出打开的窗户

鸟湖上船缓缓航行
水上泛起了白色的花朵

The Flowering of the Rod (II)

I go where I love and where I am loved,
into the snow;

I go to the things I love
with no thought of duty or pity;

I go where I belong, inexorably,
as the rain that has lain long

in the furrow; I have given
or would have given

life to the grain;
but if it will not grow or ripen

with the rain of beauty,
the rain will return to the cloud;

the harvester sharpens his steel on the stone;
but this is not our field,

节杖花开（II）

我去我所爱之地，我去我被爱之地
我走进雪中

我走进我所爱的事物之中
不牵带责任或怜悯

我去我所归属之地，不可阻挡
如同雨水良久淹留

在田畦里；我给予，
本该给予

稻谷以生命
但是只有美的雨水

它并不会生长成熟
雨水将回到云里

庄稼人在石头上磨砺钢具
但是这不是我们的田野

we have not sown this;
pitiless, pitiless, let us leave

The-place-of-a-skull
to those who have fashioned it.

我们并没有在此处播种
无情,无情,让我们

把骷髅头之地留下
留给制造骷髅头的人

三部曲 Ⅰ 1944—1946

The Flowering of the Rod (VII)

Yet resurrection is a sense of direction,
resurrection is a bee-line,

straight to the horde and plunder,
the treasure, the store-room,

the honeycomb;
resurrection is remuneration,

food, shelter, fragrance
of myrrh and balm.

节杖花开（VII）

复活仍是一种方向感
复活是一条蜜蜂飞行的直线

伸向部落和搜掠
宝藏和贮存室

还有蜂巢
复活是报酬

食物、住所、香味
没药和香脂

The Flowering of the Rod (IX)

No poetic phantasy
but a biological reality,

a fact: I am an entity
like bird, insect, plant

or sea-plant cell;
I live; I am alive;

take care, do not know me,
deny me, do not recognise me,

shun me; for this reality
is infectious—ecstasy.

节杖花开(IX)

不是诗意梦幻
只是生物现实

只是事实：我是一个实体
像鸟，像昆虫，像植物

像海草的细胞
我生活；我活着

保重，不要认识我，
否决我，不要认出我，

避开我；因为现实
是会传染的狂喜

The Flowering of the Rod (XVII)

But her voice was steady and her eyes were dry,
the room was small, hardly a room,

it was an alcove or a wide cupboard
with a closed door, a shaded window;

there was hardly any light from the window
but there seemed to be light somewhere,

as of moon-light on a lost river
or a sunken stream, seen in a dream

by a parched, dying man, lost in the desert ...
or a mirage ... it was her hair.

节杖花开(XVII)

她的声音沉稳,她的眼睛干涩
房间那么的小,甚至称不上房间

只是一格壁龛,一格橱柜
一扇关上的门,一面落帘的窗

光线几乎透不进窗户
但是某处似乎有光源

犹如忘川上的月光
梦中犹见的沉溪

男人渴成弥留,失落在沙洲……
或蜃景……身边是她的秀发

玄理 | 1972

Hermetic Definition | 1972

Winter Love (XVI)

O, do not bring snow-water
but fresh snow;
I would be bathed with stars;

new fallen from heaven,
one with the cloud,
my forehead ringed

with icy frost, a crown;
let my mind flash with blades,
let thought return,

unravel the thick skein,
woven of tangled memory and desire,
lust of the body, hunger, cold and thirst;

our hidden lair has sanctified Virgo,
the lost, unsatisfied, the broken tryst,
the half-attained;

冬 恋（XVI）

噢，不要带来雪水
且带来新雪
我将沐浴繁星

天堂与云共度
新雪从天而降
我的额头上

冰霜叮咛成皇冠
让心与刀锋共烁
让思绪重返

瓦解郁结
勾缠的回忆与欲望
身体的欲求，饥饿，寒冷，渴意

我们的秘穴使处女座神圣
迷失，尚未尽情，幽会未成
意会未达

玄理 — 1972

love built on dreams
of the forgotten first unsatisfied embrace,
is satisfied.

忘记了初次拥抱未尽情
重回梦中筑爱
而爱早已尽情

玄理 | 1972

附录

读解 H.D.

《H.D. 诗选》序言

路易斯·马兹　著
张乔　译

在19世纪80年代出生的那一辈杰出诗人中，H.D.最后一个获得应得的肯定。庞德（Ezra pound）、乔伊斯（James Joyce）、艾略特（T.S. Eliot）、劳伦斯（D.H. Lawrence），都早得令誉——或至少是恶名。玛丽安·穆尔（Marianne Moore）逐渐拥有了一小群忠实的追随者，而威廉·卡洛斯·威廉斯（William Carlos Williams），经过漫长的等待，如今发现他的诗受到年轻一代的推重，与他深恶痛绝的对头艾略特多年以前获得的盛誉不相上下。H.D.为何落后于他们？

这不仅仅是因为她在第一部诗集出版后，就被所谓"意象派诗人"的标签固化和限定——1912年，庞德将她的一些早期作品寄给哈丽雅特·门罗（Harriet Monroe）在《诗刊》上发表，"意象派诗人"是当时采用的标签。当然，庞德从未想以此束缚她。两年后，在《风暴》创刊号上，庞德就将她的著名诗篇《俄瑞阿德》（*Oread*）作为"漩涡派"诗歌的典范之作发表。的确,"漩涡主义诗人 H.D."能更好地描述她那有着漩涡般激荡之力的早期诗歌。那种汹涌的力量,一如戈蒂耶-布尔泽斯卡[1]在雕塑艺术中对漩涡的定义:"富于创造力的灵魂是生命喷薄而出的激情。"或者,不如说,这些早期诗歌符合庞德对意象的描述:"一个辐射性的中心或聚合体……一个漩涡,各种思想不断从其中涌现、穿过或进入其中。"这种不停的运动、强烈生命力的持续涌动,是 H.D. 早期诗歌引人注目的中心,因此"意象主义"一词通常具有的静谧、典雅、明晰等等含义永远无法涵盖 H.D. 诗歌的力量。

那么,为何这一名称始终跟随她的诗歌?部分原因在于,H.D. 继续支持着意象主义诗歌运动,即使在庞德将它交付艾米·洛威尔(Amy Lowell)和所谓"艾象主义"(Amygism)之后。另一部分原因是,在艾略特、庞德和休姆(T.E. Hulme)的影响下,1920年代和1930年代的诗歌创作和批评潮流激烈地反对浪漫主义,并坚持要求诗歌必须简洁、凝练、富于意象暗示而避免抽象和感叹。因此,诸如《梨树》(*Pear Tree*)或《海洋玫瑰》(*Sea Rose*)等诗中密集的意象似乎代表了她的本色,而她对"不受风雨侵袭的花园"的强烈反对或被忽视。

---

[1] 戈蒂耶-布尔泽斯卡(Henri Gaudier-Brzeska,1891—1915),法国画家和雕塑家,漩涡主义的代表人物之一。——编者注

同时，H.D.尚未发表她那些更长、更有力量和更个人化的诗歌，或尚未将它们结集，这也使她更加受到限制和被忽视。这些组诗证明了庞德在一条著名的脚注中所说的，"一首漩涡主义的长诗的确是可能的"。《不凋之花》《厄洛斯》《嫉妒》1916年写于多塞特，起因是H.D.对丈夫理查德·阿尔丁顿（Richard Aldington）的不忠行为感到极度痛苦。这些诗作直到1968年都还从未以它们原初的形式发表。1924年，以对萨福残篇的扩写为题，H.D.编入了这些诗的删节版本。这些诗作，以及其他带有萨福标题的诗作，与她生活方式的转变一致，并且表达了这一转变带来的问题。然而它们强调了H.D.作为希腊主题译者和改编者的角色，并因此限制了她的成就。她在《欧律狄刻》（*Eurydice*）中有力地维护了自身的女性身份（或许针对D.H.劳伦斯），此诗1917年发表于《自我主义者》（*The Egoist*）杂志——在一首诗很少能获得普遍肯定的时候——直到1925年她才将这首诗收入诗集，然而为时已晚，这已无法改变公众对她"意象派诗人"的固有印象。最后，一些创作于1930年代的、篇幅较长的诗作（如今受到最多的赞赏），诸如《舞者》、《大师》和《诗人》，此前从未发表，或仅见于杂志。

但在这些次要的阻碍背后，是更深刻的原因造成了

H.D.声名的迟来。直到现代,直到女性为了获得自由和平等而抗争之际,人们尚无法理解,甚至几乎无法听见H.D.最重要的主题,她向世界传达的基本讯息,而这正是深植于H.D.诗歌中的最为重要的奋争。

在保存了《不凋之花》、《厄洛斯》和《嫉妒》的打字稿装订本的空白页上,H.D.写下:"来自《岛屿》系列。"她的诗《岛屿》(*The Island*)出版于1920年1月,就在她同威妮弗蕾德·埃勒曼[1]去希腊旅行休养前不久。这是一首被抛弃的女性的诗,一个那克索斯岛上的阿里阿德涅[2]:

> 岛屿对于我是什么
> 如果失去你,
> 帕罗斯岛是什么,对于我
> 如果你的眼睛移开,
> 米洛斯岛是什么
> 如果你因为美而恐惧,
> 恐怖的,痛苦的,孤立的,

---

[1] 威妮弗蕾德·埃勒曼:Annie Winifred Ellerman,笔名布赖赫(Bryher)。——编者注

[2] 阿里阿德涅:Ariadne,古希腊神话中克里特岛国王米诺斯的女儿。——编者注

一块荒凉的岩石?

……

希腊对于我是什么如果你

却步于歌的恐怖

和它冰冷的壮丽

无望的祭献?

另一首可能也属于这一系列的诗(这一系列可以被称为"遗弃和绝望之诗")是《赴比雷埃夫斯城》(*Toward the Piraeus*)。这一标题表明,这首诗写于诗人前往雅典港口途中,思考着在《不凋之花》组诗中描绘的灾难时刻。无论如何,这首诗构成了《不凋之花》组诗的续篇,诗人在其中找到了她的力量:通过在开篇愤怒地责备男性,继而认识到恋人身上的重要缺陷,最终察觉到灾难的起因存在于她自己的性格之中,因为她不得不捍卫自己的性别和她的诗歌才能,抵抗来自这首诗中那位男性的压力,那是一个背信弃义的当兵的丈夫和一个同业诗人:

并非贞节令我狂野,而是害怕

我那焠过不同热力的剑

仍然不及你。你那熟练

致命一击的手,或将折断

以最轻意的反转——且不怀恶意——
我那略逊的,却有几分精煅
且焠炼,精致且激情过甚的钢

这是很好的自我评价,诗人意识到她充满激情的力量是极度脆弱和容易受到伤害的。

这种力量拥有可怕的强度:令自我害怕,并令身边的男性害怕。如同她在上述引自《岛屿》的诗歌中暗示的,在卡珊德拉的呐喊中,她呈现了这种力量,强烈得恐怖:卡珊德拉恳求神许门,卸去她身上预言的重担,恳求像其他女人一样结婚:

啊 统治者许门,
君王,最伟大的,强权,力量,
看啊我的面孔黯淡,
灼于你的光,
你的火,啊 君王许门;
难道再也没有另一个人
与我有一样的

迷狂、欲想?

难道再也没有另一个人

能和我一同承受

你白色火焰的吻?

难道没有一个,

弗律吉亚人,疯狂的希腊人,

诗人,传歌者,吟游诗人,

能从我身上带走

这痛苦的歌唱的力量,

配得上说出,

你的赞美,君王许门?

我不能结婚吗

像你一样结婚?

在小说《赫尔弥俄涅》(*HERmione*)绝妙的一章里,H.D. 展现了她的个性和她的诗歌的这一方面。小说中女主人公在森林里同乔治·朗兹——一个显然以庞德为原型的人物——交谈。尽管乔治将她叫作"树林仙女",叫作"树神"[1],但是

---

[1] 希腊神话中的一种宁芙,住在树内,与树共存亡。——译者注

她感觉到,"乔治永远不能正确地爱一棵树……乔治不知道树是什么……乔治不知道我是什么"。导致这一结论的诸多差异在如下的树林场景中被戏剧化地展现:女主人公向乔治挑战,邀请乔治来捉她,当她即将沿着小径跑开,径畔树的绿与水荡漾着的绿交织在一起。

> 她自己的思想,比乔治的思想更敏捷,是他不能理解的。"你永远,永远捉不住我。"她向着乔治说,脚下是最狭窄的林中小径(她知道),一缕泥土的颜色曲曲折折,穿过森林的青翠和绿色的湍流之水,河流和枝条在她四周蜿蜒、渗透、漩动。如果乔治能捉住她,那么乔治,也许,还有点儿厉害。

乔治拒绝了这个挑战,说:"太热了,赫尔弥俄涅。"但是也许这种"热",与其说是天气,不如说是向他挑衅的女孩的热情。她的生命力是他所不及的,他拒绝了竞赛。于是赫尔弥俄涅迅捷地离开了,伴随着汹涌交织的森林与水的意象,使人想起《俄瑞阿德》:

> 酷热蒸腾,席卷而下。绿色的枝条在围着他们旋转:那是灼烫的热带的水。绿色的灼热的水,从

未下过雪的热带之水,从没有一股冷冽的溪水自高山奔流而下——灼热的水被卷入纷乱的湍流,交织成奇异的圆形,半圆和完整的圆……树连着树连着树。树。我是生命之树。我是河流之水种下的树。我就是……我就是她[1]。

这些《圣经》的回响使这一场景具有了超验的色彩,这时,"她自己抓住了自己,绷紧的脚跟轻快地旋转,踩着一缕泥土的颜色离开,那泥土的颜色切过清澈的绿色流水,犹若小径"。

在那些无处不在的土地、树林和水的意象中,H.D.小说的女主人公发现的是,她对一切受造之物的天生的爱所具有的力量。她的创造力有赖于,她能够进入其他生命、其他造物的本性之中,并感受到周围那生来具有超世出尘之力的世界。"我是生命之树。"这一发现的种子已经在小说的第三页种下:

森林分开,显露出一片草地,伸向初夏开满白

---

[1] 原文是 HER,即:我就是赫尔弥俄涅。——译者注

花的枝条。山茱萸在开花。宾夕法尼亚。名字在人们之中，人们在名字里。西尔瓦尼亚[1]。我在这里出生。人们该好好想想，在他们把一个地方叫作西尔瓦尼亚之前。宾夕法尼亚。我是西尔瓦尼亚的一部分。树。树。树。山茱萸，开黄绿色钟形花的鹅掌楸。树在人们之中。人们在树里。宾夕法尼亚。

庞德对此知道一些。人们该好好想想，在他们将一个人称为得律阿德[2]之前。庞德曾经思索，并在战俘营中发现了这个名字的力量（《诗章》第八十三章），正如他在早期诗歌《希尔达之书》（*Hilda's Book*）（埃兹拉在他们在费城期间装订并送给希尔达的情诗小册子）中感受到的："她带着生自树木的灵性，森林／在她四周，而风在她的发间。"（《约会》）在《希尔达之书》和《赫尔弥俄涅》中树木意象的语境下，庞德的诗《树》可以解读为，请求得到相互的理解，并宣称男主人公与他的得律阿德分享她的知识和力量的神秘源头。这有关神秘的、幻化的在爱中的结合：达芙妮变成了为她的恋人阿波罗和其他一切诗人加冕的桂冠，博西斯和菲利蒙（Baucis

---

[1] 西尔瓦尼亚即 sylvania，在拉丁语中意为"森林之地"。——译者注

[2] 得律阿德即 Dryad，希腊神话中的林中仙女。——编者注

and Philiemon）结合，成为两棵树。如果没有相互的爱的力量，这种神秘的变形就不可能实现：

> 直到诸神被善意地
> 恳求并被迎至
> 他们心灵之家的炉畔
> 他们才完成这神迹
> 不过我是一棵林中的树
> 我懂得了许多新的事物
> 从前我只觉得它们是彻底的荒谬

当然他无法完全理解她，阿尔丁顿和劳伦斯也不能，塞西尔·格雷[1]也不能——尽管劳伦斯在面对生活时与H.D.相似，本来有可能理解她，如果不是妻子弗丽达对此格外警惕。H.D.只得独处。

《岛屿》系列诗歌看似令人绝望，然而它的核心却是坚强而不屈服的。欧律狄刻的声音，在谴责了恋人的冷酷和傲慢

---

[1] 塞西尔·格雷：（Cecil Gray, 1895—1951），苏格兰音乐评论家、作曲家、作家，D.H.劳伦斯好友，与H.D.生有一女。——编者注

之后，保持了自我的完整性：

> 至少我有自己的花
> 自己的思想，神
> 不可夺去；
> 为了现身，我有自己的热情
> 为了光，我有自己的灵魂；
> ……

这一态度影响了 H.D. 此后的那些重要诗作，其中一些可能，另一些毫无疑问写于1930年代，特别是充满力量的《舞者》(*The Dancer*)、《大师》(*The Master*)、《诗人》(*The Poet*)组诗，写于1933年和1934年她接受弗洛伊德的治疗之后。《舞者》也许在某种程度上会使人想起伊莎多拉·邓肯（Isadora Duncan）希腊式的、充满情欲的舞蹈，这首诗是她对女性作为艺术家和性动力的完整性的终极断言（这两者之于 H.D.，正如其之于劳伦斯和邓肯，是不可分的）。这首诗直接导向了《大师》，后者是她对弗洛伊德的致敬，比长篇组诗《致礼》坦率得多，因为它公开探讨了她的双重性别（"我有两种分别的爱"），并且表明，她不同意弗洛伊德的诊断，认为她需要一个男性才能活下去。然而她感激弗洛伊德，深深地感激他坚信自己具有创造天赋。"你是一个诗人""你是一个诗人"——她重复着他的话,那代表着他给予她的保证,代表着他提示的方法,"正是他,他使我获得自由/得以预言。"摆脱自我怀疑,获得自由——得以预言——预言什么?预言女性的自由,不再是男性的附属物,但并不与男性疏离,正如在这组诗中写给"诗人"的感人献词所呈现的。涉及的诗人,几乎可以肯定,是劳伦斯,因为"小小的科普特神庙"显然影射陶斯小镇附近山上的"圣殿"[1]。

这组诗呈现了各种态度之间的微妙平衡,这并非易事。读者在长诗《卡吕普索》中便能够发现。这首诗最早见于1938年,H.D. 在《诗刊》杂志发表了它简短的第二部分并题为"选自第一部"。单独的这一部分,创造了一种鲜明的、讽刺的对比:卡吕普索愤怒地责备奥德修斯是健忘的禽兽,而奥德修斯在自己的对话中细细回忆着她慷慨的帮助。1983年出版的完整的《卡吕普索》则呈现了一场极为复杂的对话,或一系列独白,关于男性力量对女性私人空间和宁静的入侵。确切地说,最初卡吕普索一边讲话,一边看着奥德修斯登陆

---

[1] 陶斯是美国新墨西哥州的小镇,劳伦斯死后,他的骨灰被放在山上的一个小教堂里。——译者注

并攀上悬崖，但这一部分结束时的突然转折，以及通篇强烈的与性有关的意象清楚地表明，我们正在观看的正是两种性别的遭遇这一事件本身：女性的抵抗和男性的强迫，结局是双方和睦相处，男性安然入睡，女性的"头发披散在他的胸膛"，而诗中的女性说，"他永远不会离开了"。整首诗呈现了复杂交织的与性有关的主题：拒绝，暴力，平静，占有，断绝，愤怒，悲伤。

男性和女性共同挽救了 H.D. 的天赋。1919 年，在女儿出生，哥哥和父亲相继去世，同阿尔丁顿和劳伦斯决裂之后，H.D. 在肉体和精神上都濒临死亡。布赖赫挽救了她。她写给布赖赫的献词见于组诗《让宙斯记录》(*Let Zeus Record*)，1931 年在诗集《献给青铜雕像的红玫瑰》(*Red Rose for Bronze*) 中出版。它带着爱和仰慕，讲述了一段即将结束的关系。《献给青铜雕像的红玫瑰》以一首《墓志铭》(*Epitaph*) 和一首《复活舞蹈》(《秘仪》) 结束。复活意味着在宗教信仰和宗教人物推动下的一个文化的新时代，同时也意味着个人重获新生的时期，这一信仰和人物皆通过开篇的一个声音来展现。这个声音从汹涌的黑暗中出现："静了吧 / 住了吧"——基督平息海上风暴的话语（《马可福音》4:39）。接下来诗人继续援引《福音书》，特别是其中的寓言，并在这个声音结束

时提及异教的秘仪,将两者结合:

> 神秘永存,
>
> 我令播种的时序
>
> 阳光和雨水
>
> 轮回不息;
>
> 德墨忒尔在草间
>
> 我滋长,
>
> 复活和祝福
>
> 伊阿科斯[1]在藤中;
>
> ……
>
> 我守护律法,
>
> 我守护神秘,
>
> 我是藤蔓,
>
> 是枝条,是你
>
> 和你。

这首1931年诗集的终篇在风格和主题上都与《魔术师》

---

[1] Iacchus,古希腊神祇,读音与"巴库斯"和厄琉西斯秘仪相关,一说为珀尔塞福涅之子,宙斯使其复活。——译者注

(*Magician*)密切相关（在《秘仪》第二部分中基督被称为"魔术师"）。《魔术师》1933年1月发表于一本鲜为人知的杂志，两个月后H.D.开始了同弗洛伊德进行的治疗。这首诗出自基督的一个信徒之口，他曾听过基督讲话并亲眼见过他的神迹。现在他信赖的不是受难的象征，而是寓言中出现的自然意象：自然是通往神性的道路。《献给青铜雕像的红玫瑰》和《魔术师》的结尾都表明，在H.D.向弗洛伊德寻求帮助时，她并没有完全失去她的创造力。她能够写得很好。弗洛伊德似乎意识到，她的状况并不需要那种长达数年的深度精神分析。几个月的咨询就应该足以带来巨大的创造力。事实的确如此，例如《舞者》组诗，以及1937年经过长久推敲终于出版的，H.D.翻译的欧里庇得斯的《伊翁》。

除了女性的平等之外，H.D.还预言了更多。1930年代她感觉到，正如在"一战"期间她已经感觉到的：整个社会迫切需要救赎，正如她在1916年的长篇组诗《致礼》中所表达的。这首诗表明了H.D.对同时代事件的敏感。因此在1930年代中期，她的夹杂着散文评论的《伊翁》同样呼吁沮丧的世界不要绝望。正如伊翁代表了希腊（伊奥尼亚）[1]文化的诞

---

[1] 伊奥尼亚：Ionia，也译"爱奥尼亚"。——编者注

生,现在,欧洲也许还将诞生一个新时代。于是 H.D. 再次带来了以往一切先知的双重讯息:她关注着当下的问题,她能够坚决地谴责其中的罪恶;然而她的预言带来了希望和慰藉,以希伯来先知的方式,将末日的宣判和拯救的承诺结合。在这种拯救中,解放了的女性将起到不可或缺的作用。

于是写作《战争三部曲》(*War Triolgy*)的道路已经为 H.D. 准备好。《战争三部曲》完成于1944年12月,灵感源自她在伦敦的生活经历,在空袭最为恐怖的数年间,她一直住在那里。这部作品有时被称为史诗,然而,正如后来的《海伦在埃及》(*Helen in Egypt*),它似乎更多地属于预言类型,因为这部作品包含一系列简短的抒情或沉思的诗节,展现了伦敦废墟中一系列内在的声音和幻象:

> 到处是毁灭,然而当屋顶坠落
> 封闭的房间
> 向空气敞开,
>
> 于是,穿过我们的废墟,
> 思想在苏醒,启示正潜近我们
> 穿过阴郁:

> 无意中,灵宣告着在场;
> ……

不久之后她便听到一个声音在"高空的轰鸣和呼啸"之上,并且看到奇异的幻象:埃及的诸神,拉、奥西里斯和阿蒙-拉,共同出现在一间宽敞、空荡的礼拜堂,就像她在费城,或在宾夕法尼亚的伯利恒市时,在摩拉维亚兄弟会度过的童年时期见过的。对于她而言,一切宗教,正如在劳伦斯的晚期作品中,都被混合为一种,目的是:

> *找回伊西斯的奥秘,*
> *那是:太一*
>
> *存在于太初,那造物的,*
> *养育万物的,肇始的,永远不变的*
>
> *在莎草的沼泽*
> *在犹太人的草地。*

这里使用了排比和重复的技巧,以对句的形式出现,令人想到《圣经》中的诗歌。除了以三联韵写成的序诗外,《战争三部曲》通篇都使用了这一技巧。

"三部曲"的第一部分《不倒之墙》(*The Walls Do Not Fall*)是准备性和探索性的,是信仰的宣言。对伊西斯奥秘的发现在第二部分《天使颂》(*Tribute to the Angels*),在赫尔墨斯·特里斯梅季塔斯的指引下开始。他是语言之父和古埃及文明的缔造者,但随后他的影响与《启示录》和《福音书》的影响合而为一。当 H.D. 回忆起《启示录》的作者在结尾警告未来的人不得再做先知的预言:"若有人在这预言上加添什么,神必将把写在这书上的灾祸加在他身上。"H.D. 记得这一警告,但她也记得,在这个预言中基督也说过很不相同的话:

> 我约翰看见了。我做见证。
> 若有人要添加什么
>
> 神必将灾祸加在他身上,
> 但是那坐宝座的说,
>
> 我把一切都更新了,
> 我约翰看见了。我做见证,

但是我把一切都更新了,
那手握着七星的说,
……

在这,她回想起《启示录》第二十一章基督坐在宝座上说的话:"看哪,我将一切都更新了。"又说:"你要写上,因这些话是可信的,是真实的。"凭着这些话,她继续写作并很快发现了新生的象征:伦敦的春天带来了繁花和废墟中新的树芽,一如信徒在卫城的废墟中发现的雅典娜的烧焦的橄榄树:

街巷空荡但是夷平的墙

遍布紫色宛如紫色的织物
铺展在圣坛

这是十字架开花的时节,
这是芦苇开花的时节,
……

随后她穿过被炸毁的墙,并看见:

一棵半烧焦的苹果树
正在盛开;

这是十字架开花的时节,
这是森林开花的时节,

安奈儿,我们停下来感谢
我们再次从死亡中复活

接下去她写到一个梦中的幻象,弗洛伊德曾教会她信任这个幻象:她梦见一位身穿白衣的女性。那是否就是圣母玛利亚?她用这个想法揶揄了我们一会儿,回想画家笔下的圣母形象,但是,不,这位女士不可能是圣母玛利亚,因为"她并没有/任何惯常的特征;/那孩子不在她身边"。那么她究竟是谁?

啊(你说),这是神圣的智慧,
圣索菲亚,圣灵的 SS(神圣的智慧)

依据不动脑筋的推论,按照逻辑
是圣灵在人间的化身;

……

H.D.在拿她学究气的读者们寻开心,他们习惯于像这样很有学问的阐释:

> 哦是的——你明白,我说,
> 这最令人满意,
>
> 但她并不是修女,并不冷若冰霜
> 她不是很高;
> ……
>
> 她拿着一本书但是它
> 可不是古代智慧的大部头,
>
> 我想象,那些书页,是空白的
> 尚未写就的新的书卷;
>
> 你说的一切,都是含蓄的
> 这一切和更多更多;
> ……

> 她是灵魂,那蝴蝶,
>
> 破茧而出。

那是诗人的先知的灵魂,现在获得自由,在三部曲的第三部分《绽放的杖》(*The Flowering of the Rod*)中讲述一个轻松而欢乐的寓言:抹大拉的玛利亚从东方圣哲之一卡斯帕那里得到了她用来给基督的双脚涂油的陶罐。上述引用的开篇部分表明:这是一个关于治愈的故事,不但讲给伦敦,也讲给欧洲所有"硝烟弥漫的城市"。

H.D. 在"三部曲"中使用的伊西斯神话,影响了她最长也最复杂的诗《海伦在埃及》中的核心意象。《海伦》出版于她去世的当年,即1961年,但完成于1952—1955年。这部作品交织了散文和诗歌,正如《伊翁》一样:在1954年这组诗完成后,H.D. 为每首诗创作了"题解",并安排了它们的顺序。于是我们有了这些题解,而且它们构成了一个与原本纯粹的组诗不同的作品。我们可以偏向于单独阅读这些诗歌,但是很难完全忽视这些题解。问题是:它们有什么作用?

如果回想一下,《圣经》中的预言(例如《以赛亚书》和《耶利米书》)经常交织着诗和散文,我们就能得到答案:这样能获得一种效果,即散文部分为接下来的诗设定了背景,或提供了一种解释。这种类比也许是理解她正在创作的作品性质的钥匙,对我们该如何理解她在这部作品及《伊翁》中诗文交错的写作方式也有同样作用。如果我们认为《海伦》属于预言类型,也许就能更好地理解各种不同的声音在这首诗中扮演的不同角色——包括散文的声音。以希伯来先知为例,我们可以看到,先知的角色是听见各种声音,并说出这些声音说的话。在古希腊语中,"先知"一词意为"替另一个人讲话的人"——替上帝、众神或其他凡人说话。

从《海伦》的第一首诗开始,H.D. 的海伦就以一个先知的声音讲话,说"在这阿蒙的神庙",她听见这里的军队的声音在特洛伊城墙下涌动,它们呼喊:

> 啊 海伦,海伦,你这魔鬼

> 我们就要永远完了
> 凭这符咒,这邪恶的媚药,
> 这阿芙洛狄忒的诅咒;
> ……

但是第三首诗中出现了一个救赎的声音,这时,海伦说:

哎,我的兄弟们
海伦不曾
在城墙上行走

你们诅咒的
不过是一个幽灵和一个容貌酷似
的人投下的影子

你们会得到宽恕因为我知道
我自己和神的意愿
这样安排:我

受尽痛苦,孤独凄凉,
凭借强大甚于武力的魔法,向我召唤
你们自己不可战胜的,威严的英雄,
……

这首诗基于海伦的另一个神话,欧里庇得斯在他的同题悲剧,理查德·施特劳斯在他的歌剧《埃及的海伦》中都曾使用这一神话。按照这个故事,海伦从未去过特洛伊,而是诸神将海伦的幽灵送到那里。真正的海伦被宙斯送到了埃及,在战争结束后与梅内劳斯团聚,或在 H.D. 的版本中,与阿基里斯[1]团聚:

> 但是这个海伦并非凭尘世的美被认出,阿基里斯也并非凭借他的英勇被认出。使他们相遇的,是失败的军队,和他眼中的"海的咒语":

> 我们如何认识了彼此?
> 是他眼中的海的咒语
> 来自忒提斯,他的大海母亲?

"他眼中的海的咒语"是在《海伦》的散文和诗歌部分中都重复出现的主题,也是整个作品的象征,因为在作品之后的部分,忒提斯将会与同样生自大海的阿芙洛狄忒,与在散文中被称为"埃及的阿芙洛狄忒"的伊西斯混合。海伦自己在作品后半部分被变形为所有女神的现世象征:于是,阿基

---

[1] 阿基里斯: Achilles,又译阿喀琉斯,希腊神话中的半人半神,特洛伊战争中的强大英雄。——编者注

里斯对海伦的爱，代表着拯救被战争毁坏的世界的方式，正如海伦的声音很早就在诗中说：

> 这是神的计划
> 熔化灵魂冰封的堡垒，
> 并解放人；
> ……

这一切与 H.D. 在写给诺曼·皮尔森的信中提及的作品的双重含义相当一致。H.D. 写道，她的作品既有"与一切战争问题相关的通俗的含义，同时又是极度内在的，难懂并且个人化的"。也就是说，战争的意象暗示了久远以来肇因于战争的诸多问题，同时也暗示了战争给个体生命——例如作为两次世界大战亲历者的 H.D.——造成的个人性的痛苦。海伦接纳了整个满目疮痍的战后世界的痛苦：

> 我的，那展开的巨翼，
> 那一千只帆，
> 一千支有翼的箭矢
>
> 载着他们飞驰回故乡，

> 我的,那一支射入阿基里斯脚跟的箭,
>
> 那一千零一,我的。

总结作品的含义,即海伦通篇作为伊西斯的先知或女祭司而发声,因为伊西斯正是仁慈而富于创造力的爱神,在整个地中海世界被称为"拥有诸多名字的女神"。

爱在海伦和阿基里斯(一个以 H.D. 战时结识的皇家空军歼击航空兵司令休·道丁爵士为原型的角色)之间创造的和解,是 H.D. 个人的漫长的和解过程的一部分。尽管她的诗吸收、改造并超越传记性的因素,但个人性的方面始终存在。这一系列和解过程首先包括与劳伦斯的和解,见于她写在向弗洛伊德咨询期间的日记《到来》和她的《诗人》。也许还包括《魔诀》(*Sigil*)谜一般的后半部分,其中的第六首发表于劳伦斯去世后的一年,即 1931 年。与阿尔丁顿的和解则困难得多,我们可以看到她在《海伦》中将帕里斯塑造为毁灭一切的角色。但最终,从《冬恋》(*Winter Love*)中的一些诗句可以看到,她还是接受同他和解:

帕里斯-伊诺涅[1]？

海伦，称赞他们的幸福吧

以唤起更大的欢乐

赫利俄斯-海伦-厄洛斯的欢乐。

同庞德和解是写作《冬恋》的主要动机，而这里的和解要容易一些，鉴于庞德在《比萨诗章》第八十三章有关得律阿德的诗中已经向 H.D. 道歉：

得律阿德，你的眼睛像云

谁曾在死囚室度过一个月

　　就不会信仰死刑

曾在死囚室度过一个月的人

　　不会信仰关兽的笼子

得律阿德，你的眼睛像泰山上的云

　　当一些雨已经落下

---

[1] 住在伊达山的宁芙，帕里斯曾是她的情人，后来帕里斯爱上海伦并离开了她。——译者注

一些还没有落

　　得律阿德,你的平静像水
　　九月的太阳照在池上[1]

这一段使人想起庞德早年写给希尔达的那首题为"平静"的("平静"一词两次作为主题出现在《诗章》第八十三章的早期部分里)十四行诗:

　　我以为惬意,如此智慧地高卧
　　时或远离事物的纷流
　　独自看闲云高蹈
　　自由如彼,在无风的天穹
　　长空无一物,思君若流云

《冬恋》回应了庞德,在第五部分回忆起希尔达的父母曾禁止他们拥抱:

　　一墙粗粝的石头

---

[1] [美]庞德著,黄运特译:《比萨诗章》,湖南文艺出版社2017年版,第209-210页。

> 蜜花的芬芳,蜜蜂
> 我就要倒下,若不是一个声音
>
> 穿过黑莓丛呼唤
> 穿过纠缠的杨梅树
> 芜杂的金雀花丛,
>
> 海伦,海伦,回家;
> 战争之前曾有一个海伦
> 但是谁记得她?

第六部分则回忆了在恋人乘船离去时的震惊。

"欧福里翁",《海伦在埃及》中虚构的海伦与阿基里斯之子,在这里与这个词的希腊词根一致,成为了象征着"幸福"的寓言角色:象征健康和希望,也象征着诗。然而希望难以支撑:当死亡威胁着诗人,她几乎无法承受这个赫利俄斯-海伦-厄洛斯的孩子。H.D.(正如卡珊德拉)一度恳求主宰的母亲女神从她身上卸下这寓言的重担,但最终,她坚持了下来:

我将痛苦地死去,不论我给或不给 [1]
残忍的,残忍的助产士

比一切上帝宝座的摄政者更智慧
你为什么要折磨我?
来吧,来吧,希望啊

希望啊,金色的蜜蜂
重新接受这生命而若你别无选择
那么就将我杀死

---

[1] 在这里指养育欧福里翁。——译者注

H.D.：品鉴录[*]

丹尼斯·莱维托夫　著
傅越　译

　　与许多人一样，很多年里我所熟悉的只是H.D.少量的早期诗歌，如《梨树》(*Pear Tree*)、《果园》(*Orchard*)、《热》(*Heat*)以及《俄瑞阿德》(*Oread*)。尽管这些诗作很漂亮，但当时却无法引我看向更远的地方。也许因为这些诗歌已是该类型的极致，似乎已达终点，已至路的尽头。而那条路却并不属于我。那时我正在寻找入口、路径和贯通的隧道。

　　而当我并非出于探寻，而是凭一份注定的机缘，才迟迟走近她的晚期作品时，我从中找到的却正是入口、路径和贯通的隧道。这些晚期诗作的其中一首《你手中的月亮》(*The Moon in Your Hands*)，这样写道：

　　　　如果你把月亮拿在你手上

---

[*] 发表于《诗歌》(*Poetry*)，Vol.100, No.3, 1962。

把它反过来

（沉甸甸，有淡淡锈迹的盘子）

你就在那里

这里将找到的不是终结，而是开始。这首诗的结尾带着那种"起始感"：

当我的灵魂反了过来

感知万物的背面

毛蕊叶、山茱萸叶、蛾翼

还有地下的蒲公英种子

我读到伟大的《战争三部曲》(*War Trilogy*) 时，适逢她的诗作《智慧》(*Sagesse*) 在《常青评论》(*Evergreen Review*) 上发表之后[1]。一张在诗作《智慧》中的猫头鹰的照片——附在那首诗旁边的一只来自塞拉利昂的白脸角鸮——促人遐思，令人感怀，这首诗以词源和音义联结的方式引领诗人和读者回溯遥远的童年——又因这趟旅程，重返存在更多共

---

[1] 《智慧》(*Sagesse*) 收录于《玄秘的定义》(*Hermetic Definition*, 1962) 一书。整个《战争三部曲》现在都可在一卷中读到，书名标题简化为《三部曲》(*Trilogy*, 1973)。这些书都可从"新方向"出版社 (New Directions) 中获取。

鸣、充满了更多可能性与微妙意识的当下。过去与现在、世俗现实与难以言诠的现实的相互渗透，是H.D.作品的典型特征。于我而言，这首写于1957年的诗作是对《三部曲》中的那个世界，即《不倒之墙》(*The Walls Do Not Fall*)、《天使颂》(*Tribute to the Angels*)、《节杖花开》(*The Flowering of the Rod*)——的一个引言。这些诗作是生活一直为我储存的一种经历，直到我准备开始接受它。[这些作品成书出版的这一时期，我一直住在伦敦。在书籍出版于《今日生活与文学》(*Life and Letters Today*)之前，我便已经逐渐回忆起，甚至是"已经见证了"——虽未"亲眼所见"——部分作品的横空出世。但当时我还年轻，因此无从理解它们。正因为我当时太年轻——比实际年龄还稚嫩——以至于无法作为诗人来体验"伦敦大轰炸"：我虽然住在伦敦的中心，但某种意义上这次事件对于我来说就和没发生过一样。尽管我后来出版于1946年的处女作是写于这个时期的，但战争只出现在了私人生活中，或是作为青春期焦虑的黑暗背景。]

当我终于直面H.D.成熟时期的伟大诗作时，我发现的又是什么呢？这经历的内核曾经是——或者说现在依然是——什么呢？我想是这样：H.D.的早期作品，那些"希腊幻象"中冷静、激情的精确性并非终结，亦非已定型的造诣，而是一种准备：所有力量一首接着一首地蓄积起来，就好像处于那个世界中的彻骨的、毫无怨尤而又清朗明晰的光亮——

> 伟大而光辉的入口,
> 突出的岩石,
> 岩石,合于长长的暗礁,
> 岩石,合于黑暗,于银色花岗岩
> 于更轻的岩石——
> 整齐的切口,白色对着白色——

就在那儿,为她带来了黑暗与神秘,以及当她遭遇了黑暗与重重问题之时在这问题背后的疑难。她展示了一种穿透神秘的方法。这意味着,她不是让光明淹没黑暗,以便黑暗被摧毁,而是进入黑暗和神秘本身,以便亲自体认它们。我所说的"黑暗"并不意味着邪恶,而是"另一面"(the Other Side),是人必须在它面前抛却他的傲慢的"隐藏",是最初的爬行生物和阿芙洛狄忒现身的大海,是地球作为浮尘回旋其中的宇宙,是泥土中的"蒲公英种子"。

> 天狼星:
> 这是什么样的奥秘?

你是种子,
在沙子旁的谷粒,
被封入石墨,
和耕种的土地。

天狼星:
这是什么样的奥秘?

你淹没在
河流之中,
那涌起的水流
推开了水帘之门。

天狼星:
这是什么样的奥秘?

在高温击破、碎裂
沙滩之处,
你是雪的薄雾:
那洁白、娇小的花丛。

"文体"(Style)——或者由于这个词太常被解释为"风格"(manner),我更想说的是"模式"(mode)和"方式"(means)——是无形的,或者不应称为无形,而应是明晰的,是一个人既能看见又能透视的东西,就像手工吹制的玻璃的那种最淡的烟白色或是最淡的水绿色。以这种明晰的模式,H.D.说出了本质。这种素朴并非出于简约,而是因为她走得更远,进一步远离已知的藩篱,进一步接近未知的中心。无论是谁想要一个专门的例证,都可以让他阅读《不倒之墙》的第六部分,这部分开篇写道:

> 显然在我(这条可怜虫)的内里
> 不是正义,而是这——

我想要引用全部的段落,但它太长了,并且它是一个如此令人惊叹、动听悦耳的整体,故而,我无法忍受只引用其中的断章。

在知晓她的晚期诗作之后,我又重返1925年的《诗集》(*Collected Poems*),重新审视它们,"伟大而光辉的入口……整齐的切口,白色对着白色"不再是我思考的终点。我原本认为毫无阴翳的诗却充满着阴影,充满层次和运动:回应着将会发生的一切。但是我(可能还有我的其他同辈)只有在通晓了其晚期作品后，才逐渐开始意识到这一点。

在H.D.去世前的大约一年半时间里，我有幸与她会面（并且自那之后就开始与她通信，直到那场令她一病不起的中风打断了我们的书信往还）。贺拉斯·格里高利（Horace Gregory）笔下那个他打远处就能凭其身高和风度从人群中辨认出来的女人，虽然又老又跛，却充满着热切的生命力。然而，尽管H.D.的小说《让我活下去》（*Bid Me to Live*）那时才刚出版，尽管她刚刚获得艺术与文学学院（the Academy of Arts and Letters）的诗歌金奖，哎……当时却有不少人认为她已经过世，或认为她是"意象派的一员，属于那个时期的诗人"而不屑一提。她重要的诗作当时极少被阅读，也极少被视为伟大的作品。我和罗伯特·邓肯（Robert Duncan）表现出的敬意似乎让她很惊讶，也以深深打动了我们的方式打动了她。当我第二次与她会面的时候，H.D.已经在读一些最年轻的诗人的作品，她对能从其中发现生命与活力的一切之回应何其敏捷！

关于准确性，关于由忠实于经验的真实而不可思议地涌出的音乐性，即声音的游戏，以及在风格的熔炉中消失的可能性等诸多方面，我们无法从任何一位其他诗人那里得到更多教益。

H.D.写下的许多作品都未能出版。她最后一本书《海伦在埃及》(*Helen in Egypt*)在她辞世之际方始印行。这本书是一个人有意愿方可进入的世界(与《让我活下去》异曲同工)。一次读者会因阅读而转变的生命经历,虽起始微小,但他知道这影响有多么深远。诗作《海伦》(*Helen*)中的韵散交替不是平淡与强烈的交替,而是音调的相互映衬。就像在巴赫的大合唱(Bach cantata)作品中,声乐部分随着器乐部分的变化而发生变化,相互照亮,相辅相成。《让我活下去》和《海伦在埃及》都不是可以慵懒地浅尝辄止的作品。读者必须进入其中,在那里栖居、体认。

其实,她所有作品莫不如此:越读,就越精义迭出。作为诗歌它既是"纯粹的",又是"介入的"(engaged)。获得它的纯粹,即词与音乐间,词的声韵与奠基其上的韵律结构间的无懈可击的协和,是通过它的介入,通过对于灵魂的生命、精神与物质生活的相互影响等对每个人都至关重要的事物的关切达成的。

后　记

诗人H.D."五四"时期译介到中国时,被称为陶立德或杜丽图,今天通常译为杜利特尔。古典时期欧美诗人发表诗歌,署名时只留下姓名的首字母,到了20世纪初,许多诗人已经习惯署全名,但是H.D.未随大潮而改变。H.D.特立独行的署名方式就和她的诗人形象一样。在群星璀璨的欧美现代主义诗歌天空中,她是独特却不显眼的一颗,在天空的一角安静地散发着不太明亮也不太暗淡的星光。从文坛八卦的角度而言,她的身上有不少谈资:她和埃兹拉·庞德之间有过一段深刻的感情纠葛,又和英国诗人理查德德·阿尔丁顿有过一段复杂的婚姻,她还是心理分析大师西格蒙德·弗洛伊德最著名的病人之一。然而,这些谈资似乎掩盖了她的诗歌成就。

H.D.的第一本诗集《海园》收录了许多首意象派诗歌的代表作,基本上把她的形象铆定在意象派这个标签上,而后古希腊文化贯穿了她整个写作生涯,晚年史诗《海伦在埃及》集其大成。从诗学的角度而言,中国的译介主要集中在她意象派这一面，至于她的诗歌如何发展下去，在华语世界始终乏人问津。

"五四"时期，她的诗歌随着意象派被译介到中国，众多评介美国诗歌的文章都免不了提到她，施蛰存、邵洵美、袁水拍等诗人都翻译过H.D.的意象派诗作。从1950年代到"文革"时期，西方现代主义文学难以在中国大陆得到译介，遑论H.D.到了1961年才出版的《海伦在埃及》了。即使在五六十年代的香港和台湾，西方现代主义文学得到重视，诗人和译者如马博良等仍在译介H.D.的意象派诗歌。"文革"结束后，西方现代主义文学在中国大陆逐步重新得到翻译、出版和传播。在美国诗歌方面，聚光灯集中在庞德、艾略特、史蒂文斯（Wallace Stevens）、威廉斯（William Carlos Williams）、卡明斯（E.E.Cummings）、普拉斯（Sylvia Plath）等现代主义诗人身上，而后对垮掉的一代、纽约派、黑山派、语言派诗歌的关注与日俱增。

从"五四"时期至今，许多美国诗歌的中译选集，甚至英文选集，都集中收录H.D.早期的意象派诗歌。美国诗评家和选集编辑刘易斯·安德迈尔更盖棺定论地将H.D.称为贯彻始终的意象派诗人。H.D.早期的意象派诗歌经过凡此种种的经典化之后，华语世界的读者亦似乎一直满足于为她贴上一个意象派的标签，仿佛英美诗歌知识版图上的一个坐标。至于英文世界，新方向出版社（New Directions）今天仍在出版她的书，寥若晨星的学者仍在研究她的文学作品，此外她一直徘徊在被遗忘的边缘。

过去几年，在研究美国诗歌的中译本时，我发现H.D.似乎还未有一本中译选集，同时亦有感于华语世界对她的接受流于片面，于是便萌生了翻译的想法。去年幸得"时光诗丛"主编王柏华老师邀请，我才有这个机缘（慢慢开始阅读和翻译。翻译之前，我反复阅读已故耶鲁大学教授刘易斯·马尔特兹（Louis L.Martz）编辑的H.D.诗选集：*H.D.Collected Poems 1912-1944*（1983）以及 *H.D. Selected Poems*（1988）。两本诗集涵盖了她整个诗歌生涯，收录了她最优秀的作品。我从这两本诗集中选了五十首左右来翻译，作为"时光诗丛"之一种，这个篇幅就最合适不过了。这本选集收录了她早年、中年和晚年的部分代表作，既希望最初接触H.D.的读者相对全面地浅尝她的诗歌，也希望回顾H.D.的读者在这本选集中找到新的角度。

我在编选这本选集的时候，既要照顾到实际情况，又要符合"时光诗丛"的读者对象，因此尽量选取了H.D.短小精悍的作品。诗人早期的意象派诗歌自然属于此列。但是H.D.有些叙事比较连贯的组诗，我断然不可能把它分拆翻译。史诗《海伦在埃及》是她晚年的代表作，整首史诗的叙事性非常强，短诗之间的互文关系非常紧密。若选节翻译，原作非但不会得到提升，反而可能遭受减损。幸好诗人善于把短作合成组诗，有一些组诗中的短作可以独立作为单首作品来阅读和欣赏，因此我才能对其进行选译。此外，H.D. 还善于引用古希腊神话故事作为典故来书写她与他人的交往，例如她早年常常在诗中使用希腊神话角色来影射庞德和自己，因此要欣赏这一类诗歌的精妙之处，就要对诗人的私人生活有比较细致的了解。对于这部分诗歌，我选译了一些层次比较丰富的作品，读者即便对诗作背后的故事不了解，至少也能够在表面上欣赏这首诗。有许多译者乐于添加注释，但是我始终认为诗作本身，包括译作，应该是一份开放的文本、一个完足的整体，因此从不会采用此法，望读者见谅。

翻译的过程中，我参考过前译，但是并没有从中得到深度的启发。在我读过的众多译本中，马博良译本无疑是最独特的。H.D. 的名作"Pear Tree"中有一节如下：

> no flower ever opened
>
> so staunch a white leaf,
>
> no flower ever parted silver
>
> from such rare silver;

马博良译本如下：

> 没有花开过
>
> 这样白无点血的叶子，
>
> 没有花从如此稀少的银色里
>
> 把银色分开；

马博良译本的重点在于 staunch 一词。Staunch 作为形容词意为"忠诚坚贞"。马博良将之译为"白无点血的"，通过转品（antimeria）修辞来指涉 staunch 的动词意义，即"止血"。如此表达一个梨花的意象，就包含了以不在反衬存在，以血反衬白等多层次，甚至带有哲理意味的暗示，译文较之原文更加丰富，译者提升了原作。马博良译本是对意象派诗歌的改写，符合他五十年代时推广的现代主义诗学，主张晦涩的表达，避免直白的描写，以意象和隐喻来暗示情绪和意涵，留有揣摩和思考的余地，同时丰富了解读的可能性。即便在今天看来，马博良译本也算是非常大胆和前卫的。

我非常钦佩从马博良译本中喷射而出的傲气，但是我却无法说服自己采用如此进取的译法。古希腊哲学家苏格拉底有句名言："认识你自己。"后来古希腊悲剧诗人埃斯库罗斯将这句名言用在《被缚的普罗米修斯》中。普罗米修斯盗天火以照人间，被宙斯缚于高加索山岩上，让鹰每天啄食他的肝脏。普罗米修斯深感不公不义，奥申纳斯（Oceanus）前往告诫："认识你自己。"人应该认识自己在万物秩序中的位置，那么译者应该认识到译本在前译构成的共时并存的历史秩序中的位置。艾略特在《传统与个人才具》中提出，传统是一种既是时间性（temporal）也是非时间性（timeless）的历史意识，传统有着先天而理想的秩序，秩序吸纳新的文学作品，新旧关系发生微妙的变化，于是秩序自行对自身做出调整。那么，就让我以自己的译本致敬以往所有翻译过 H.D. 的译者。

宋子江
2018 年 5 月写于香港岭南大学

图书在版编目（CIP）数据

地狱必须打开，如红玫瑰：H．D．抒情诗选：英汉对照 /[美]希尔达·杜利特尔著；宋子江译．－－上海：上海三联书店，2020.8
ISBN 978-7-5426-6796-0

Ⅰ.①地… Ⅱ.①希… ②宋… Ⅲ.①抒情诗—诗集—美国—现代—英、汉 Ⅳ.①I712.25

中国版本图书馆CIP数据核字（2020）第096767号

地狱必须打开，如红玫瑰：H.D.抒情诗选（英汉对照）

著　　者 / [美] 希尔达·杜利特尔
译　　者 / 宋子江

责任编辑 / 朱静蔚
特约编辑 / 丁敏翔　王卓娅
装帧设计 / 微言视觉 | 苗庆东　周逸凡
监　　制 / 姚　军
责任校对 / 柏蓓蕾

出版发行 / 上海三联书店
（200030）上海市徐汇区漕溪北路331号中金国际广场A座6楼
邮购电话 / 021-22895540
印　　刷　山东临沂新华印刷物流集团有限责任公司

版　　次 / 2020年8月第1版
印　　次 / 2020年8月第1次印刷
开　　本 / 787×1092　1/32
字　　数 / 110千字
印　　张 / 6.75
书　　号 / ISBN 978-7-5426-6796-0 / Ⅰ·1635
定　　价 / 39.90元

敬启读者，如发现本书有印装质量问题，请与印刷厂联系0539-2925680。